불량한 오십

이은숙 지음

나무나무출판사

prologue

단순하고 둔감하게, 새로운 관계 맺기

왜 사냐고 묻는 사람들이 있다. 그런 말을 들으면 어리둥절해진다. 내 선택에 의해 태어난 것도 아닌데, 삶에 이유가 필요한 건가? 굳이 알고 싶어 한다면 부모의 연락처를 쥐여주고 싶다. 나를 왜 태어나게 했는지 나도 궁금하니까. 인간 존재를 탐구하는 철학자들이야 보탤 말이 많겠지만, 내 머릿속에는 '이미 태어나버렸는데 어쩌라고?'와 같은 문장이 떠돈다. 인류의 DNA에 새겨진 생존과 번식이라는 유전자의 명령조차 결혼과 출산 포기로 점차 희미해지는 세상이다. 그런 마당에 왜 사는지, 거창한 이유 따위는 없어도 괜찮다.

이왕 태어났으니, 목표를 지니고 꿈을 이루기 위해 노력하며 사는 건 멋지다. 상황을 통찰하고 미래를 준비하는 사람은 존경스럽다. 삶에 등급을 매길 수 있다면 그런 사람은 상위 급수를 받을 게 분명하다. 하지만 단순하고 둔감하게 사는 것도 나쁘지 않다. 목표를 이루기 위한 과정이 아니라 그저 이 순간이 소중한 인생, 지난 일을 소환해 되새기지 않고 눈앞의 오늘에 집중하는 인생, 오늘 하루 최선을 다한 뒤 끝나고 나면 잊어버리는 인생. 그런 삶에는 후회나 자기 연민이 없어서 좋다. 가성비가 높아서 본전 생각도 나지 않을 것이다. 자기 인생의 모든 순간에 특별한 의미를 부여하고, 외부 자극에 일일이 반응하는 삶은 피곤하다. 한번 익숙해지면 바꾸기 어려운 인간관계처럼 인생도 처음부터 길을 잘 들여야 한다. 신경 안 쓰면 저절로 풀릴 일도 남보다 잘하고 싶어 안달하다가는 오히려 삐끗하기 쉽다. 인생을 순하게 길들이는 최고의 방법은 '그냥' 사는 것이다.

…

지표상에 나타난 내 인생은 순탄과는 거리가 멀다. 도리어 동정심 유발 요소가 더 많다. 대학 졸업 후 시작된 가장 노릇으로 아침잠과 싸워온 9000일 출근 투쟁, 짧은 결혼생활과 기나긴 싱글맘 라이프, 훈남 배우도 설렘 대신 안쓰럽게 바라보는 연애 세포 소멸 부작용, 평생 생활비 한 번 받아보지 못한 강요

된 경제적 능력, 무엇보다 위로와 어리광이 허용되지 않는 망할 독립적 캐릭터. 선택지는 없었다. 주어진 하루하루 닥친 일에 코를 박으며 30년 직장 생활을 마감하고, 드디어 50대 중반 퇴직을 했다.

의무의 전반전을 무사히 마쳤다는 안도감을 느끼기도 전에 앞으로 남은 인생 어떻게 할 거냐고 사방에서 물어왔다. 더 늦기 전에 그동안 잊고 있었던 꿈을 위해 노력해야 한다고 충고했다. 인생은 오십부터니 지금부터 도전해도 늦지 않다고 등 떠밀었다. 과연 그런 걸까? 50대가 되었지만 여태까지 없던 꿈이 생기지는 않았다. 이제 와서 도전하고 성공하기 위해 노력해야 하는 또다른 인생은 반갑지 않다.

지금껏 성실하게 한눈 팔지않고 살아온 나 자신에게 자유를 주고 싶다. 주어진 의무를 다 하기 위해 애써 온 세월은 이만하면 족하다. 지금부터는 그저 내가 하고 싶은 대로, 마음 가는 대로 불량하게 살아야겠다. 치열했던 일상에서 한 발자국 뒤로 물러나 슬쩍 팔짱을 낀 채 삐딱하게 서는 거다. 목표를 향해 직진하라는 세상의 명령을 무시하고 게걸음으로 느적느적 옆으로 걷는 거다. 남들은 그러라 그래, 그러시든지 하며, 자유롭게 내 방식대로 사는 거다. 그 정도 불량하게 살 자격은 충분하지 않은가.

…

옛 질서는 사라지고 새 것은 오지 못한 혼돈의 시대다. 아들 친구 부부는 아이 대신 앵무새를 기른다. 내 친구는 외손주 양육을 떠맡을까 봐 딸에게 아이 낳으라는 말을 못 하고 눈치만 본다. 또 다른 친구는 친정아버지가 더 오래 살기를 바라지 않는다고 덤덤한 얼굴로 털어 놓는다. 딸도 못 알아보는 상태로 요양병원에 누워 계신 지 3년 만이다. 나는 아들이 좋은 반려자를 만나 가정을 꾸리기를 바라는 마음과 혼자서 자유롭게 살기를 바라는 마음 중 어느 쪽이 큰지 모르겠다. 제사 없애는 집이 많아진다는 이야기를 들은 엄마는 어떻게 부모 돌아가신 날 두 다리 뻗고 잠을 잘 수 있느냐고 개탄하신다.

나침반을 잃고 흔들리는 사회는 그라운드 제로 상태다. 오래 사느라 곤욕을 치르는 부모 세대도 안타깝고 앞날의 각이 나오지 않아 엉거주춤 사는 자식 세대도 안쓰럽다. 그사이에 끼어 자신의 노후까지 챙겨야 하는 5, 60대의 사정도 만만치 않다. 어쩌다 보니 나의 가족은 3명의 구성원이 각 세대의 현주소를 보여주며 살게 됐다. 언제나 승자의 편에 서는 '쎈캐' 엄마와 물건이랑 사귀는 개인주의자 아들, 그사이에서 휘둘리는 나까지, 몸은 같은 공간에 있지만 각자 자신만의 시대를 견뎌온 우리는 서로를 이해하다가도 때로 비난하고, 가끔 못 본 척하면서 살아가고 있다.

함께하지만 결국 혼자만의 길. 각자도생의 외로운 길이다.

사정은 조금씩 다르겠지만 누구도 그 여정을 피해갈 수 없다. 덤덤하게 그 길을 걷다가 괜스레 고단하고 쓸쓸할 때면 잠시 쉬었다 가도 좋겠다. 그 멈춤의 순간에 곁에 있고 싶다. 책장을 넘기다 어느 페이지에선가 피식 공감의 미소를 짓는다면, 슬며시 손 잡아주는 위로를 느낀다면, 더없이 기쁠 것이다.

언제 어디서든 우리 눈앞의 소소한 일상을 따뜻하게 보듬으면서 말이다. 누가 뭐래도 우리 인생은 '지금 여기'의 총합이니까!

2021년 초여름 이은숙

PART 1
일상

'스마트하게'가 어려우면 '착하게'라도 늙자

PART 2
가족

어쩌다 우리는 서로의 포로가 되었나

PART 3 인생

후회나 자기 연민 없이, 순하고 둔하게 살기

PART 4

관계

우리는 서로를 견디고 있는 중이다

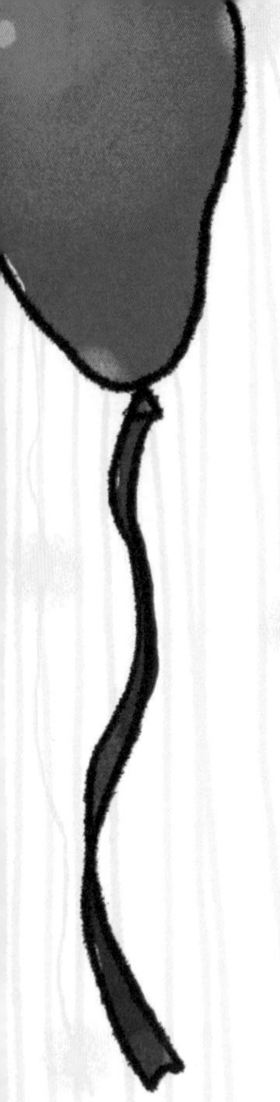

PART 1 일상

'스마트하게'가 어려우면 '착하게'라도 늙자

꿈보다 일상이 먼저다

아침에 침대를 정리하는데 허리가 찌릿했다. 겨울 이불을 펄럭 들었다 내려놓으면서 근육이 삐끗한 모양이다. 허리를 펼 수 없어 일단 파스를 붙이고 누웠다. 약속도 있는데 어쩌지? 오래가면 어쩌지? 평소 스트레칭이라도 할걸. 어딜 향해야 할지 모르는 짜증이 몰려왔다. 그래도 누우니 졸음이 오고, 한숨 자고 나니 좀 나아졌다. 머리도 못 감은 채 엉거주춤한 자세로 한의원에 가서 침을 맞았다. 어쩔 수 없다. 이럴 때 필요한 건 빠른 수긍과 긍정 마인드. 당장 나라를 구할 일도 없는데 오늘은 따땃한 전기장판에 몸을 맡기자. 나에겐 넷플릭스가 있다. 허리 통증은 의외로 며칠 계속됐다. 외출을 삼가고, 자세를 바꿀 때면 무심코 '벌떡' 하지 않도록 조심해야 했다. 세수를 하노라면 팔뚝으로 물이 줄줄 흘렀다. 양말 신기를 포기하고 덧버선으로 대신했다. 일상생활에 크고 작은 불편이 뒤따랐다. 내 팔다리 내 맘대로 움직이며 걷고 뛰는 게 얼마나 소중한 일인지 새삼스러웠다. '기적은 하늘을 날거나 물 위를 걷는 게 아니라 땅에서 걸어 다니는 것이다'라는 중국 속담에 저절로 고개가 숙여졌다. 허리만 개운해지면 날아다니는, 아니 씩씩하게 걷는 기적을 행하리라.

당연한 듯 누리는 일상이 무수한 톱니바퀴가 착착 격자를 맞추며 움직이는 덕분이란 걸 자각하며 살기는 어렵다. 오늘이 어제 같고 내일도 오늘 같을 게 뻔한 일상이 '선물'이라고 생각하기는 불가능하다. 하지만 잠시 하던 일을 멈추면 금세 알 수 있다. 가족 중에 누가 다치지도 아프지도 않고, 회사를 잘리거나 하던 일이 잘못되지도 않고, 누군가와 얼굴 붉히며 큰 소리를 내지도 않고, 혼자 마음의 상처를 입고 움츠러들지 않는 그런 하루하루가 얼마나 큰 행운인지. 따뜻한 집에서 두 다리 편안히 뻗고 잘 수 있는 밤이 허락된다는 게 얼마나 고마운지. 허리가 멀쩡해지면 다시 잊어버리겠지만 오늘은 그저 별일 없는 일상에 감사하고 싶다.

우연히 유튜브를 뒤적이다 강사 김미경의 영상을 보았다. 워킹맘을 대상으로 한 강연이었다. 역시 일타강사. 듣는 사람을 들었다 놨다 한다. 평일에는 회사와 집안일에 종종거리다가 주말이면 마트 가서 뭐 사달라는 애들과 실랑이하며 장보고 외식하고 텔레비전 좀 보고 나면 다시 월요일. 별 볼 일 없어 보이는 그 생활이 바로 나와 가족의 소중한 일상이니 잘 지켜나가라고 말한다. 꿈을 세우는 것도 튼튼한 일상 위에서 가능하니 회사를 그만두지 말고 열심히 다니라고 조언한다. 공감 또 공감이다. 꿈보다 일상이 먼저라는 말이 무엇보다 마음에 와닿았다. 나는 평소 일상을 던져버리고 꿈을 향해 도전하라는 사람을 의심해 왔다. 꿈을 좇는 사람의 일상을 누군가 대신 책임지는 모습도 많이 봤다.

꿈은 단단한 일상 위에서 가능하며, 꿈을 이루면 일상이 더 단단해진다. 오래전 텔레비전에서 자동차로 사하라 사막 횡단에 성공한 사람의 인터뷰를 본 적이 있다. 죽음의 랠리라고 불리는 대회인 만큼 인터뷰어가 흥분한 목소리로 이것저것 물었다. 야심 찬 마지막 질문, “이렇게 위험한 도전에 성공한 게 인생에서 어떤 의미가 있을까요?” “글쎄요…. 인생이 달라지거나 그런 건 아닌 것 같아요. 사하라 사막을 횡단했다, 그런 경험을 안고 일상으로 돌아가는 거 아닐까요.” 예상외로 담백한 답을 들으며 이 사람, 진짜구나! 살짝 감동했던 기억이 있다.

나이가 많아지면 일상이 무너지기 쉽다. 우리의 일상은 대부분 의무로 이루어져 있는데 노인이 되면 의무가 사라지기 때문이다. 남은 의무라야 자기 건강 잘 지켜 자식들 귀찮지 않게 하는 정도다. 정해진 시간에 일어나지 않아도 되고 하루 세끼 안 먹어도 되며 노인정은 결석해도 된다. 몸만 아니라 마음도 바람 빠진 풍선처럼 쭈글해지기 쉽다. 인생의 끝이 가까워 오고 있는데 나날이 즐겁고 활기차면 그것도 이상하긴 하다. 어쨌든 나이가 들어도 규칙적인 생활은 필요하다. 느려도 단단한 일상을 지켜야 한다. 남편을 잃고 혼자 사는 일본의 중년 여자 이야기를 읽었다. 그녀는 매일 아침 산책을 하고, 요일을 정해 장을 봐서 정성껏 요리한 후 자신만을 위한 식탁을 차렸다. 친구와

영화를 보거나 전시회에 가고, 한 달에 한 번 결혼한 딸과 드라이브를 하며 맛집에 다녔다. 저녁이면 호사 목욕을 즐기고, 텔레비전 드라마를 보고, 일기를 쓰면서 하루를 마감했다. 혼자 몸을 움직이기 어려워질 때를 대비해 요양원도 알아봐두었다. 그 어떤 것도 강제된 의무는 아니었지만 스스로 자신만의 규칙을 만들어 지켜나갔다.

아직까지 배우자와 잘 살고 있는 부부도 말년은 여자 혼자 남을 가능성이 높다. 내가 희망하는 노년의 자아상은 '명랑 할머니'다. 죽음 앞에서도 농담을 할 수 있는 할머니가 되고 싶다. 하루하루 가볍고 유쾌한 일상을 쌓아 올리다 보면 그런 날이 오지 않을까?

누구나 꿈이 있어야 하나요?

50대가 되면 뭐라도 해야 한다고 사방에서 채근이다. 그동안 열심히 살아온 건 알겠는데, 수고가 많았던 건 칭찬하는데, 그럼 앞으로 남은 인생 어떻게 할 거냐고 자꾸 묻는다. 품위를 유지하며 100세까지 쓸 수 있는 돈은 준비되어 있냐고, 아프면 모든 걸 잃는 건데 건강은 괜찮냐고, 배우자와 관계는 좋냐고, 친한 친구는 있냐고 확인하고 또 확인한다. 그리고 당신의 꿈은 무엇이냐고, 더 늦기 전에 그걸 찾아야 한다고 충고한다. 이제 가족이나 남을 위해 살지 말고 나를 위해 돈과 시간을 쓰라고 옆구리를 찌르기도 한다. 자고 일어났더니 오십이 된 것뿐인데 갑자기 쫓기는 기분이 든다.

딱 50대 한가운데의 나이로 퇴직할 당시 내 마음은 홀가분함과 불안, 기대로 이루어졌다. 30년 가장으로 시즌 1을 무사히 끝냈다는 안도감, 홀가분함이 무엇보다 컸다. 만세! 이제 '아침마다 5분만 더' 인생에서 해방이다. 남은 인생이 내 예상에서 벗어나면 어쩌나 하는 불안감도 작지는 않았지만 새롭게 시작될 인생에 대한 기대가 있었다. 의무의 전반전을 끝냈으니 그동안 내가 무얼 포기하고 살았는지, 무얼 하고 싶은지 찾아내 그걸 하며 살아야겠다고 생각했다. 그렇다. 나도 이제 꿈을 찾아서 인생의 시즌 2를 시작하겠다고 결심한 거다.

젊은 시절 내 꿈은 뭐였지? 먹고 사느라 바빠 포기했던 게 있을 텐데. 신문기자가 되고 싶었던 적은 있는데, 그건 원하는 직업 아닌가? 여행 다니고 책이나 읽으면서 빈둥거리는 인생을 꿈꾼 적이 있는데, 그렇다면 백수건달이 로망이었나? 미뤄뒀던 꿈같은 건 생각나지 않았다. 돌이켜보면 밥벌이가 고단하긴 했지만 좋은 점이 많았다. 가사노동도 힘들긴 마찬가진데,

직장생활은 엄살이 인정되는 어드밴티지가 있다. 영혼까지 끌어모으며 힘들게 일했지만 뿌듯함도 컸으니, 전반부 인생은 퉁치는 걸로. 꿈이 없었다면 이제부터라도 꿈을 가지라고 부추긴다. 돈도 벌고 자아실현도 할 수 있는 자격증이 아주 많다고 가르쳐준다. 지금부터 강좌만 들으면 맨땅에 강사가 될 수 있다고 유혹한다. 유튜버가 유망하다고 귀띔해준다. 늦기 전에 언택트 시대에 대비하라고 꾸짖는다. 당신도 할 수 있다고, 그런 걸 하고 싶으면 먼저 돈을 내라고 손 벌린다.

포기하기 위한 핑곗거리라고 해도 좋다. 50대에 왜 꼭 꿈이 있어야 하는 건지 의문이 생겼다. 여태까지도 꿈 없이 잘 살았는데 이제 와서 도전하고 성공하기 위해 노력해야 하나? 인생은 오십부터라서? 그러다 중국 칭화대 교수 팡차오후이가 쓴 책 <나를 지켜낸다는 것>에서 인상 깊은 대목을 발견했다. 인생이란 본래 무수한 일상의 순간들로 이루어졌으며 매 순간이 다른 목적을 실현하기 위한 수단이 아니라는 것이다. 우리는 누군가를 만나러 갈 때 시간에 맞춰 약속 장소에 도착해야 한다는 목적에만 집중한다. 버스가 언제 오나 두리번거리고, 횡단보도 신호가 바뀌기 전에 건너려고 서둘기 마련이다. 하지만 그 순간 순간이 모인 게 인생이니, 목적지에 도착했다고 과정의 의미가 사라지지 않도록 살라는 뜻이다.

그 말에 격하게 공감했다. 우리 인생은 약속 장소에 도착하는 순간 시작되는 게 아니라 그냥 계속 길 위에 있는 거다. 일찍 도착하려고 애써봐야 그저 또 다른 길에 서 있게 될 뿐이다. 그러니 횡단보도에서 내 옆에 서 있던 멋쟁이 할머니를 슬쩍 곁눈질하고, 버스를 기다리며 까치발 스트레칭도 하고, 차창 밖 길거리의 완연한 봄도 느끼면서 목적지에 가는 게 좋다. 버스만 타는 건 아닐 것이다. 때로는 속도 빠른 KTX도 타고 오래된 1호선 전철도 타고 공원 벤치에 앉아 쉬기도 하겠지. 달리기를 하는 사람도, 뚜벅뚜벅 걷기만 하는 사람도 있을 터이다. 옆 사람과 비교하지 말고 내 앞의 길을 덤덤하게, 조금은 즐겁게 가면 되는 거다.

오십이 됐다고 여태까지 없던 꿈이 생길 리 없다. 누구나 이루고 싶은 꿈이 있어야 하는 건 아니다. 그래도 끈질기게 네 꿈이 뭐냐고 물어본다면, 나답게 자연스럽게 사는 것이라고 대답하겠다. 오랫동안 주어진 책임을 다하기 위해 일에 몰두하다

보니 성실한 노예근성이 몸에 뱄다. 긴 세월 편집장이라는 타이틀에 포장된 모습으로 살아왔다. 외부에서 입력된 내 모습을 넘어 보다 고유한 나 자신을 들여다보고 싶다. 뭔가 하려고, 뭐가 되려고 애쓰는 대신 하고 싶은 일이 가슴속에 떠오를 때까지 기다릴 테다.

무엇보다 50대들의 일상이 즐거웠으면 좋겠다. 집안의 반대로 미대에 가지 못했던 선배는 그림을 시작했다. 유능한 마케터였던 지인은 뒤늦게 손재주를 발견해 핸드메이드 세계에 푹 빠졌다. 지역 학습관에서 할머니들께 한글 가르치는 봉사활동을 열심히 하는 친구도 있다. 에너지가 강한 사람의 야심 찬 꿈과 노력도 응원하지만, 오늘 할 일을 즐겁고 성실하게 해나가는 삶으로도 충분하다.

올인 금지의 법칙

밑줄 칠 거 많은 TV 프로그램 <알쓸신잡>에서 소설가 김영하는 '사람은 자기 능력의 100%를 사용해선 안 된다. 자신은 절대 최선을 다해서 살지 않는다'는 인생 팁을 들려줬다. 인생에는 어떤 위기가 닥칠지 모르니 에너지를 남겨두기 위해서란다. 평소 일을 안 할 때는 주로 누워 있는다는 말에 작가 유시민은 '나도, 나도!'를 외쳤다. 역시 고수들이다. 인생사 너무 애쓰며 살지 말라고, 그러다가 사달 날 수 있다고 사인을 보내고 있다. '올인 금지의 법칙'이라고 부르기로 하자. 한 마디로 올인하면 안 된다는 것이다. 살다가 넘어졌을 때 다시 일어날 힘을 남겨두기 위해서다. 우리 주위를 둘러봐도 쉽게 알 수 있다. 죽기 살기로 밀어붙여 목표를 이룬 후 병을 얻거나 마음을 크게 다친 사람이 한둘이 아니다. 남보다 더 노심초사 노력하고 최선을 다했는데 결국 헛수고가 되어서 속상한 경험도 있을 것이다.

친한 후배는 40대에 공무원 시험 준비를 시작했다. 형편상 그 해 꼭 붙어야 한다는 절실함에 모든 걸 쏟아부어 공부했는데 낙방하고 말았다. 아슬아슬하게 떨어진 성적에 더 속상해했다. 정말 손가락 하나 움직일 힘이 없었다고 한다. 두문불출 식음을 전폐하다시피 하니 건강이 나빠진 건 말할 나위 없고 머리카락이 뭉텅이로 빠졌다. 그 상태로 몇 달을 보내니, 이러다 죽을 수도 있겠다는 생각이 들었다. 후배는 밤마다 동네 공원을 걷기 시작했다. 바닥을 친 걸까? 몸을 움직이자 정신이 돌아왔고 다시 책상에 앉을 수 있었다고 한다.

"다음 해에 여유 있게 붙었어요. 그동안 빚이 좀 늘어난 걸 빼면 무너질 것 같은 세상이 달라진 게 하나 없더라고요. 근데 그때는 정말 낭떠러지에서 굴러떨어진 것 같았어요. 붙고 나니 왜 그랬나 기억이 안 나. 거짓말처럼 머리카락도 저절로 다시 났어요."

그렇게 원하던 '늘공'이 된 후배가 업무 스트레스 때문에 퇴직을 심각하게 고려했다는 반전이 있지만 그래도 이건 행복한 결말이다. 고등학교 동창의 언니는 갖은 고생 끝에 미국 이민 생활이 자리 잡을 무렵 병을 얻어 세상을 뜨고 말았다. 안정된 경제력을 바탕으로 형부는 금세 재혼했고, 친구는 고생만 하다 떠난 언니를 떠올리며 오랫동안 가슴 아파했다. 아들 친구 한 명은 과호흡증후군으로 휴직을 했다. 일만으로도 충분히 바쁜 직장생활 중 대학원 입학을 준비하느라 극심한 스트레스에 시달린 결과였다.

올인 금지 법칙은 여러 방면에서 의미가 있다. 가족을 잘 돌보고 좋은 엄마가 되기 위해 올인하는 것도 피해야 한다. 나를 온전히 버리고 다른 누군가를 위해 헌신하는 건, 그게 세상에 단 하나뿐인 자식이라 할지라도 언젠가는 허탈함을 남긴다. 인간은 누구나 자신만을 위한 여유 공간을 확보하고 에너지를 비축해 둬야 한다. 그래야 유사시에 꺼내 쓰면서 자신을 지킬 수 있다.

인생이 예기치 않게 딴죽을 걸어 골탕을 먹일 때도 올인은 불리하다. 최근 우연히 두 건의 결혼식을 간접 경험했다. 연봉 높은 전문직 커플의 신부 A는 최고의 결혼식 만들기에 올인했다. 깐깐한 시장조사 끝에 업계 톱 '스드메'를 선택했다. 가장 핫한 명품 가방과 시계를 샀으며 유명 호텔에서 친구들과 브라이덜 샤워를 했다. 화보 같은 사진으로 SNS에 생중계되다시피 한 과정 속에는 빡빡한 타임 라인과 계획이 어긋날까 안달하는 조바심, 약혼자와의 소소한 갈등이 숨어 있었다. 일생에 한 번뿐이라는 명분 아래 물리적·정신적 에너지를 몽땅 긁어 쓰던 그녀는 5성급 호텔 결혼식이라는 결승선 앞에서 넘어지고 말았다. 진정 국면을 보이던 코로나가 갑자기 극성을 부리면서 실내 행사가 전면 중지된 것이다. 다른 한 명의 신부 B는 '결혼식, 그까이 거' 스타일이었다. 돈 많은 사업가 집안의 외동딸이라 화려한 결혼식을 예상했던 주위의 기대는 빗나갔다. 그녀는 최소한의 자원만 투입, 모든 걸 딱 남들만큼의 매뉴얼대로 해치웠다. 지나고 나면 다 관심 없으니 그날 하루만 문제없이 넘기면 된다는 주의였다. 다이어트도 실패해 웨딩드레스는 가봉 후 사이즈를 늘렸다고 한다. B는 빠른 날짜가 가능한 식장 위주로 알아본 덕에 코로나를 피해서 식을 올릴 수 있었다.

이런 케이스를 일반화할 수는 없지만 확실한 건 애를 덜 쓰면 같은 일을 당해도 덜 억울하다는 점이다. 그러면 평상심을 유지하는 데 유리하며 대체로 일이 잘 풀리는 선순환 구조로 연결된다. 인생을 마라톤에 비유하는 사람이 많다. 마라톤을 100미터 달리기처럼 전력 질주했다가는 염라대왕과 인사할 가능성이 크다. 올인하지 않는 인생. 내 그릇의 80% 정도만 채우는 인생을 칭찬한다.

50대 다람쥐는 쳇바퀴 돌리는 게 즐겁다

"이번 시간은 인생 그래프 그려보기를 할 거예요. 가로는 출생부터 오늘까지 시간의 축이고 세로는 점수예요. 각자 스스로 지나온 시간을 쭈욱 돌아보면서 점수를 매겨보세요. 간단하지만 인생이 한눈에 요약된답니다." <대본 쓰기 테라피>라는 강좌의 수업 시간. 대략난감이다. 겨우 눈인사나 주고받는 십여 명의 수강생들 앞에서 내 인생을 한눈에 요약시키자니 뭔가 껄적지근하다. 그렇다고 엉터리나 거짓말을 늘어놓을 생각은 없다. 나로 말하자면 평생을 '성실녀'로 살아온 사람 아닌가. 지나온 세월을 있는 그대로 떠올리며 인생을 점수 그래프로 만들어냈다. 원래 퇴직 후 코스 중 하나가 이것저것 배우고 강의 듣는 일이다. 요즘은 워낙 공공에서 지원하는 싸고 좋은 프로그램이 많아서 이 교실 저 교실 넘나들며 한세월 보낼 수도 있다. 한때 나도 몇 가지 강좌를 들었는데 그중 하나가 <대본 쓰기 테라피>였다. 본격적으로 대본을 쓰고 싶어서 온 20대 작가 지망생도 있었고, 수필 작법을 배우고 싶은데 번지수를 잘못 찾은 60대 아저씨도 자리를 차지했다. 나 같이 대본으로 테라피를 한다는 게 뭔지 궁금해서 어슬렁거리는 사람도 있었다.

그날의 수업은 의외의 깨달음을 안겨줬다. 그래프는 태어난 시점을 기준으로 위아래를 넘나들었는데, 장편소설 한 편은 나올 것 같았던 세월이 A4 한 장에 깔끔하게 정리됐다. 역시나 이혼 무렵이 바닥을 쳤다. 회복에 시간이 걸렸지만 50세 이후부터는 굴곡 없이 편안했다. 특히 만 55세였던 그 시점이 내 인생에서 점수가 가장 높았다. 무려 90점. 내 스스로 매겼지만 의문의 여지가 없는 점수다. 잘 자라서 졸업을 앞둔 아들과 건강이 괜찮고 연금을 받는 엄마, 내 힘으로 장만한 아파트 한 채와 퇴직금을 손에 쥐고 있었다. 시간의 여유는 마음의 여유로 이어졌으며, 저렴한 행복의 기준 덕에 부러운 것도 부족한 것도 딱히 없었다. 그래, 지금이 가장 행복한 때구나. 성실하게 놀아서 더 행복해지자.

나만 그런 게 아니다. 여자에게 50대라는 나이는 가열찼던 1라운드 의무를 끝내고 스테이지를 바꾸기 전까지 휴가 같은 시기다. 시간이 많아지면서 자주 보지 못한 동창도 만나고 취미나 봉사, 종교생활 등 사회활동도 활발해진다. 아이들은 취업이나 공부 등 자기 일로 바쁘고, 남편은 은퇴했거나 한직으로 물러나 '삼식이'만 아니면 땡큐인 존재가 된다. 시댁은 대화의 번외 편 정도로 존재감이 사라진 지 오래다. 그놈의 네버엔딩 갱년기가 문제이긴 하지만 아직 에너지도 넘친다. 경제적으로도 안정된 시기일 가능성이 크다. 내 친구들도 예외는 아니다. 비슷한 시대를 함께한 세월의 힘으로 손발 척척 이해의 폭이 넓고, 오래도록 쌓은 인연의 도움으로 서로 공감하며 이야기를 들어준다. 형편 될 때 부지런히 놀아야 한다면서 여행도 열심히 다닌다. 나이 드니 자식보다 친구가 낫다는 말에 고개를 끄덕이며 늙어서 우리끼리 모여 살자고 아직은 말뿐인 약속도 한다.

50대가 되니 마음의 평정심을 유지하기가 쉽다. 오십이라는 나이는 서른의 불안함이나 마흔의 자기반성 따위 없이, 편안해서 좋다. 더러 약간은 안도하는 심정이나 고마운 마음을 동반하기도 한다. 오십이 되면서 내게는 '일상의 평화'가 중요한 키워드가 됐다. 홀아비도 한 명 소개 안 해주면서 빨리 좋은 남자 만나야지, 나이 들어 커피 같이 마실 남자는 있어야지, 어쩌고 하는 주위의 빈말도 편안하게 들린다. 내 커피 타기도 귀찮은 나이에 잘못하면 잘 알지도 못하는 남자 커피까지 타주는 일은 사절이다. 나는 지금의 평화가 좋다.

50대가 되니 계절도 다르게 다가온다. 예전에는 나른하고 아삼삼한 봄이 싫었다. 생체리듬의 변화라고는 하지만, 운전하다가도 길만 밀리면 꾸벅꾸벅 졸기 일쑤였다. 자외선차단제를 자주 깜빡한 어느 봄에는 기미·잡티가 여기저기 출몰했다. 온 나라가 봄꽃 축제로 화사한데 내 일상은 겨울과 달라진 게 없어서 심통이 났다. 하지만 50대가 되니 전혀 낯선 봄이 찾아온 것이다. 평일 오전 사람 없는 동네공원을 걸으면 저절로 혼잣말이 나온다. 아유, 이 연초록 이파리 좀 봐. 장하기도 하지. 살아나는 것, 살려고 애쓰는 모든 게 기특하고 어여쁘다. 열 발자국 걷다가 아련한 수선화 무리에 걸음을 멈춘다. 우아한 조팝나무에도 이름 모를 들꽃에도 휴대폰을 들이대며 찰칵찰칵. 꽃이 이렇게 마음을 허무는데 어찌 그냥 갈 수 있겠는가. 봄의 대기 중에는 어깨를 들썩이게 하는 초미립자가 떠다니는 것 같다. 봄은 언제나 그 모습 그대로였을 텐데, 내 봄은 오십이 지나서 시작됐다.

50대가 진짜 좋은 건 인생이 별 볼 일 없다는 사실을 받아들일 수 있어서다. 그 나이가 되면 대략 자기 인생의 견적이 나온다. 부모한테서 숨겨둔 유산이 튀어나올 것도 아니고, 자신이나 남편이나 이제 와 운명의 상대를 만날 것 같지도 않고, 자식들 앞날도 대충 짐작이 된다. 다람쥐 쳇바퀴 돌 듯하던 인생이 그리 나쁘지 않았다는 깨달음도 생긴다.

인생은 너무 길다. 잘못하면 정말 백 세를 살 것 같은 예감이다. 성공한 기업가 한 사람이 나이 칠십에 은퇴하면서 한 10년 골프나 치다가 가면 되겠다고 생각했는데, 팔십에도 여전히 건강해서 방통대 신입생이 됐다는 이야기를 들었다. 50세에 일을 그만둔 선배는 온갖 취미생활을 섭렵하며 즐겁게 살았지만 그것도 한 10년 지나니 시들해지더란다. 누구나 지금부터 10

년 후 내 모습을 상상해보길 권한다. 어떻게 살고 싶은지, 그러려면 지금 뭘 해야 하는지 머릿속에 그림 한 번 그려보는 거다. 죽기 살기로, 뼈를 갈아 노력해야 하는 일은 반대다. 가늘고 길게 할 수 있는 재미있는 일을 찾았으면 좋겠다. 말 나온 김에 내 10년 후를 생각해보니 좀 막막하기는 하다. 뭘 하며 세월을 보내고 있을지는 모르겠지만 남에게 폐 끼치지 말고, 자주자주 행복하게, 내 인생의 고삐를 내가 쥐고 살겠다고 살며시 다짐해본다.

스마트하게가 어려우면 착하게라도 늙자

최근 5, 60대가 주축이 된 한 단톡방에 초대됐다. 정부 지원을 받는 공공기관에서 코로나19로 오프 모임이 불가능해지자 관련자들을 초대해 만든 소통 창구다. 나도 어찌저찌한 경로로 단톡방 일원이 됐다. 개인적 친분이 없는 300여 명 가까운 중늙은이들을 모아 놓으니 코미디가 따로 없다. 바쁘거나 관심 없는 사람은 나가면 된다고 했고 실제로 적지 않은 사람이 그리했지만, 나는 그 방에서 까톡 소리가 나면 하던 일도 제치고 휴대폰을 집어 들었다. 재미있어서다.

직장, 가정 등 각자의 방식으로 젊은 시절을 거친 50대 이후 세대가 제2의 인생을 꿈꾸며 모인 곳답게 톡방 멤버는 나름 할 말은 하는 사람들이었다. 처음에는 몇몇 자기소개와 간단한 정보 공유가 이루어졌지만 모든 공공 지원사업이 유보된 상황에서 이어질 만한 정보가 있을 리 없었다. 이내 좋은 글과 사진이 올라오기 시작했다. 소소한 신상 이야기도 등장했다. 사람들이 줄줄이 나갔다. 좋은 글은 마음에 새기고 자제해달라는 댓톡이 올라오면서 단톡방은 중구난방 대혼돈기에 들어섰다.

아침 산책길에 찍은 개나리·진달래 사진(제발 품질 향상 요망), 정치적 성향이 짐작되는 링크(너무 지엽적인 내용이라 관계자인가 의심)와 그에 대한 단호한 비판, 방의 목적이 뭐냐는 반복되는 물음(묻지 말고 저 위의 공지글을 읽어보세요), 나이 든 사람들의 맥락 없는 좋은 글과 여행 사진, 꽃 사진, 개 사진 등은 카톡 홍수 시대에 공해라는 올바른 지적, 좋은 시나 문장 퍼 나르기는 제발 자제해달라는 요청, 비슷한 연배에 너무 딱딱하게 굴지 말고 공감할 수 있는 내용은 나누자는 아량(공감이 안 된다니까요), 공공게시판의 성격이 뭔지 생각 좀 하라는 비난, 그러면 도대체 뭘 올리냐, 소통이 뭐냐는 불만(올리지 말고 올라오면 보세요), 불필요하다고 생각되면 퇴장하거나 삭제하면 되지 그걸 못 참고 지적질이냐는 분노(방귀 뀐 사람이 성내는?) 등등.

개인 블로그나 친구들 단톡에 올릴 내용을, 3백여 명 가까운 얼굴도 모르는 멤버가 모인, 그것도 공공기관의 정보 공유가 주목적인 톡방에 올리는 기백이 안쓰러웠다. 분명 좋은 걸 공유하고 싶은 순수한 마음이었을 것이다. 모른 체하지 못하고 응대와 지적질 하는 마음도 이해가 간다. 왜 저렇게 자기 생각만 하는지 참을 수가 없는 거다. 확실히 나이가 들면 세상이 나를 중심으로 도는 기적이 내린다. 내가 좋으면 남도 분명 좋아할 거라고 생각한다. 좋은 건 같이 나누고 싶은 오지랖이 발동한다. 누군가 NO!라고 말해도 왜 NO냐고, 그러면 안 된다고 참견한다. 참을성이 사라지며, 설득력과 논리 대신 감정이 앞서는 것도 빼놓을 수 없다. 시야가 좁아져 좌우 15도가 넘으면 사람도 물건도 보이지가 않는다.

퇴직 후 이용한 공유사무실에서도 비슷한 일을 겪었다. 오십을 넘긴 나이에 처음 만나 같은 사무실을 쓰는 열 명 가까운 사람들. 말도 많고 탈도 많았다. 조용히 개인 작업을 하고 싶은 사람은 사무실 내 전화 통화가 거슬리지만, 전화 통화가 잦을 수밖에 없는 사람은 번번이 휴대폰 들고 사무실 밖으로 나가는 게 불편했다. 냉장고와 탕비 공간 이용을 둘러싸고 서로 깨끗하게 써라, 먹다 남은 건 버려달라, 심지어 내 컵을 왜 쓰냐는 항의까지 등장했다. 발소리가 거슬린다, 외부인은 들어오지 못하게 해라, 문을 꼭 닫고 다니라는 등 소소하고 귀찮고 반복되는 논란이 발생했다. 면전에서 큰 소리가 나기도 했다. 나이 들어 만난 사람들 간에 자율적인 관리가 얼마나 힘든지 실감했다.

참 이상하다. 나이가 든다는 건 세상사 크고 작은 경험을 통해, 이 또한 지나가리니 너무 기뻐하지도 깊이 좌절할 필요도 없다는 걸 깨닫는 과정이다. 그런데 어째 갈수록 전체 앞뒤 맥락은 안 보이고 내 말만 옳고 내 생각만 맞는 줄 아는 모지리가 되어가는 건지 모르겠다. 가끔 포장지 문장(물론 한글!)을 엉뚱하게 읽고는 전자레인지에서 불꽃이 튀게 만든다든지, 아무리 찾아도 안 보이던 핸드폰이 버젓이 눈앞 책상 위에 놓여 있는 걸 발견하고 나면 나 스스로 고등생물이 맞는지 의심스러워진다.

퇴직 후 잠시 기업체 홍보물 제작 알바를 하던 때였다. 클라이언트와의 점심 미팅이 생겼다. 어쩌나 그날 선약이 있는데…. 그래도 내가 안 가면 제작 담당자 입장이 곤란하겠지? 선약을 깨고 미팅에 참석하는 호의를 베풀었는데, 아무도 내게 아는 체를 안 했을 때는 비실비실 웃음이 나왔다. 프리랜서 알바생의 참석 따위는 누구도 관심 두지 않는 사안이었던 것이다. 여전히 잡지사 편집국장인 줄 아는 나 자신이 터무니없어서 조금 안쓰럽고 귀여웠다.

그나마 희망적인 건 자연계처럼 사회에서도 자정작용 사이클이 작동한다는 사실이다. 문제의 단톡방은 혼란기를 거치며 100여 명이 방을 나갔고, 소강상태를 지나 필요한 내용이 공지되는 본연의 목적을 회복했다. 공유사무실의 갈등은 멤버들이 바뀌고 서로 개인적인 친분이 생기면서 해결됐다. 사실 그런 집단에서는 무반응으로 있다가 잘난 척 뒷담화 관전평을 쏟는 나 같은 타입이 제일 재수 없다. 인정! 나이가 들수록 제대로 된 커뮤니케이션이 어려워진다. 각자 자신의 경험에 근거해 편한 대로 자의적으로 해석하기 때문이다. 팩트는 사라지고 나만의 진실이 제멋대로 널을 뛴다. 비슷한 나이대도 이러니, 젊은 세대를 이해하고 소통한다는 건 언감생심이다. 타인이 나와 다르다는 것, 내가 모르는 세상이 있다는 것만 인정해도 꼰대 소리는 덜 들을 수 있을 텐데. 그게 참 쉽지 않다. 스마트하게 늙는 게 이리 어려우니 착하게라도 늙고 싶다. 아, 이게 더 어려운 건가.

친구,
이야기 들어주는 사람

사람들이 묻는다. 인생에 단 한 명의 친구가 있습니까? 그런 말을 들으면 머릿속에서 저절로 스캐닝하게 된다. 있나? 친구가 없는 편이 아니지만 떠오르는 한 사람은 없다. 칫! 살짝 패배자가 된 기분이다. 내 친구는 학교를 함께 다닌 그룹과 직장생활 중에 사귄 사람들로 나뉜다. 당연히 전자는 동갑이지만, 후자는 나이대도 배경도 다양하다. 꽤 친하게 지내지만 나이 차이가 5살 이상 나는 선후배도 있는데, 그들은 친구라고 할 수 없을까? 2, 3년 차이는 괜찮은 거고? 가만, 친구가 뭐지? 왜 단한 명이라는 금메달이 필요한 거야? 아니, 어쩌면 단 한 명의 친구를 갖는 건 위험한 일일 수도 있다. 그만큼 서로 의지하고 기대하는 관계는 무너지면 후유증이 크다. 어느 한쪽의 노력이나 헌신으로 유지된다면 더욱 난관이 예상된다. 내 역량을 넘어 힘을 쏟으면 중심을 잃고 같이 넘어지기 십상이다. 인생사 길게 가기 위해서는 오버 페이스를 제일 경계해야 하는 법이다. 친구는 서로 편안한 사이가 최고다. 만나서 즐겁게 밥 먹고 수다 떨고 헤어지려 일어서다가, 아쉬워 한 잔 더하는 사이가 좋다. 바쁘면 다음에 보자고 거절할 수 있는 사이, 꼭 할 이야기가 있으면 그래도 만나자고 질척댈 수 있는 사이가 그 반대의 경우보다 훨씬 바람직하다.

진정한 친구란 이야기 들어주는 사람 아닐까? 속상하고 힘든 일이 생기면 믿을 만한 누군가에게 털어놓고 싶어지는 게 사람 마음이다. 그럴 때 가장 많이 등판하는 게 친구다. 힘든 일로 나를 찾는 친구가 있다면 무조건 귀를 활짝 열고 잘 듣는 대나무숲이 되어줄 줄 알아야 한다. 그저 고민을 입 밖으로 말하는 것만으로도 무게가 덜어지는 법이니까. 이때 감정이입이 앞서서 흥분하거나 함부로 조언하지 않도록 입에 자물쇠를 달아야 한다. 특히 남녀문제는 무개입이 원칙이다. 아무리 들어도 이혼해야 마땅하고 본인도 원하는 것 같아 힘주어 이혼을 주장했다가 친구랑 머쓱해진 경험이 있다. “이혼하는 게 맞지?”라고 물어도 냉큼 대답하지 말 것. 이혼은 언제든지 할 수 있으니 서둘지는 마, 두루뭉술 넘어가는 것이 현명하다. 단, 물리적·정신적 폭력은 예외다. 그런 건 단호하게 끊어내야 세상이 평화롭다. 힘들어하는 친구에게 대책 없이 괜찮아, 다 잘 될 거라는 영혼 없는 위로도 금물이다.

친구 이야기를 듣느라 사용한 시간과 에너지를 아까워해서도 안 된다. 그런 시간을 적립했다가 내가 필요할 때 돌려받는 거라고 생각하는 사람도 있던데, 글쎄…. 내가 들어주는 사람으로 선택됐다는 사실에 감사하며 열심히 귀 기울이는 걸로 된 게 아닐까. 살다 보면 나랑 안 맞는 친구도 있고 뚜렷한 이유 없이 사이가 멀어지는 경우도 있다. 안 되면 억지로 너무 애쓸 필요도 없다. 그냥 내 깜냥껏 따뜻하게 대하자. 그게 내 마음이 편하다. 아직까지 단 한 명을 꼽을 친구는 없지만 그럭저럭 살아가고 있다. 다만 혹시 모를 긴박한 일이 생긴 순간에 떠오르는 사람이 없다는 건 조금 아쉽다. 갑자기 큰돈을 꿔야 한다면,

몸이 크게 아프다면, 고통스러운 일을 당한다면, 로또에 당첨된다면, 횡단보도에서 운명의 상대라도 만난다면 누구에게 먼저 말하지? 흠, 그럴 땐 친구들을 죄 모아놓고 기자회견을 해야겠다.

이혼을 결심했을 때 누구와도 상의하거나 묻지 않았다. 혼자 바닥까지 가라앉았다가 숨 쉴 정도로 떠오른 다음 제일 먼저 내 신상 변화를 알린 사람은 직장에서 친하게 지냈던 남자 동료였다. 자존심이었을까? 동성 친구에게는 동정받을 것 같아서 말하기 싫었다. 엄마에게는 몰아닥칠 후폭풍을 감당할 자신이 없어 일단 미뤘다. 이혼 결정에 대한 객관적인 조언과 위로를 남사친에게 기대했던 것 같다. 하지만 그는 지나치게 현실적인 조언으로 오히려 나를 화나게 했다. 남자인 그가 여자보다 남의 마음을 헤아리는 능력이 부족했던 건지, 내 자신이 갈팡질팡했던 건지는 지금도 알 수 없다.

인생 별거 없다. 친구들과 소소하고 따뜻한 위로를 나누면서 늙어가면 좋겠다. 부모님은 돌아가시고 형제도 없고 아이들은 외국에 나가 있는 친구가 남편과 싸우고는 갈 데가 없어서 외로웠다고 한다. 그럴 때 생각나는 친구가 되고 싶다. 친구야, 언제든지 연락해.

치매와 거동불가의 불행 배틀

“은숙 씨, 이번 일요일 시간 있어? P가 세상을 뜨고 말았어. 상가에 같이 갈 수 있어요?” 선배 K가 차분한 음성으로 소식을 전한다. P는 나랑 동갑인 사진기자다. 함께 일한 시간도 짧고 그만둔 뒤 오랫동안 서로 연락도 없는 사이였다. 솔직히 그와 내가 언제 같이 근무했는지조차 기억이 흐릿하다. 그렇지만 왠지 그런 사람 있지 않나. 딱히 친하지 않으면서 서로 호감이 느껴지는, 누구와 싸움이라도 하고 있으면 달려와 편 들어줄 것 같은 사람. 그가 딱 그랬다.

3, 4년 전 그를 한 번 만난 적이 있다. 몸이 안 좋아서 양평으로 내려갔는데, 내 근황을 묻더라고 K 선배가 전해줬다. "그렇게 건강해 보이는 사람이? 언제 한번 같이 가요." 그렇게 해서 P를 만났다. 10년도 훌쩍 넘긴 해후였다. 그는 좀 낡았지만 널찍하고 해가 잘 드는 외딴집에서 클래식 음악을 크게 틀어 놓고 있었다. 살이 많이 빠지고 얼굴색이 누릿했다.

"바깥출입이 어려우니까 온종일 음악만 들어. 내 유일한 친구이자 치료약이야. 여기 좋은 점이 볼륨을 맘대로 올릴 수 있다는 거지. 내가 오디오를 좀 알잖아. 흐흐. 이 동네가 얼마나 추운지 몰라. 첫해 멋모르고 기름보일러 돌렸더니 난방비가 한 달에 150만 원이 나오더라고. 한 번은 기름이 떨어져서 유조차를 불렀는데 길이 얼었다고 눈 녹으면 배달해준다는 거야. 아파서 죽는 게 아니라 얼어 죽는구나 싶었지. 하하하."

목소리 크고 잘 웃고 유쾌한 것도 여전했지만, 담배도 여전히 피우고 있었다. "응. 피울 거야. 담배 끊는다고 낫는 병이 아냐. 조금 더 오래 살려고 이 즐거움까지 포기할 수는 없어. 그럼 지금 죽을 것 같아." 옆에서 지켜보는 아내는 이미 체념한 얼굴이었다. 저렇게 되기까지 얼마나 싸웠을까? 그래도 병이 길고 깊어진 부부 사이에서 의리를 다하는 것 같아 고마웠다. 얼렁뚱땅 웃다가 돌아오는데 마음이 어수선했다. 그가 얼마나 손재주 좋으며 취향 높고 까다로운 사람인지 기억났다. 아직 너무 젊은 50대 중반. 그런 사람이 남의 신세를 지지 않고는 걸을 수도 없는 처지에 놓였다는 사실이 아득하게 느껴졌다.

하지만 늘 그렇듯이 내 손톱 밑 가시 빼는 일에 치여 P를 잊고 살았다. 그러다가 결국 그의 부고를 들은 것이다. 병세가 위중한 사람도 쉽게 세상을 뜨지 않던데, 진짜 일찍 가버렸구나. 잠시 미안한 마음이 밀려왔다. 선배와 함께 장례식장으로 가면서 대충 그동안의 소식을 들었다. 경제적 이유로 아내는 일을 해야만 했고 몸 상태는 더 나빠져 결국 요양병원에 갈 수밖에 없었다고 한다. 요양병원에서 그는 문제 환자였다. 정신이 말짱한 50대 남자가 전적으로 타인의 간병을 받아야 한다는 건 견디기 어려운 일이었을 것이다. 일에 치인 간병인들이 환자를 온전한 인격으로 대하지 않는 걸 수없이 봤을 테고, 까칠한 그는 더 참기 어려웠을지 모른다. 병원과 싸우고 자기 자신과 싸우면서 덩치 큰 그도 지쳐갔겠지. 꽃다발에 묻혀 파안대소하는 영정사진을 보고 있자니 목울대가 뜨끈해졌다. 이상하게 오래도록 감정이입이 됐다. 하늘나라는 흡연이 자유롭기를 바라는 게 고작 내가 할 수 있는 일이었다.

대학 동창 C는 온전한 정신으로 요양병원에 계시는 엄마를 생각하면 차라리 치매가 나은 게 아닌가 싶다고 토로한다. 하고 싶은 일, 보고 싶은 사람들도 있는데 온종일 병원 침대에 갇혀 말년을 보내는 삶을 어떻게 감당하는지 가슴이 너무 아프다고 한다. 치매는 어쩌면 가족이 불행한 거지 본인에겐 나쁜 게 아닐 수도 있다는 생각이 들기도 한다. 그래, 그럴 수도 있겠다. 친한 선배는 언니를 만나고 온 날은 늘 우울해한다. 선배의 언니는 교통사고로 뇌를 다쳐 십여 년째 요양원 생활을 하고 있다. 사람을 못 알아보고 의사소통이 어려운 상황. 다정하고 총명하고 웃는 모습이 예쁜 언니였다고 한다. 그 언니가 말간 얼굴로 자신을 쳐다보며 "누…구…세요?" 어눌하게 물으면 가슴이 턱 막힌다. "기가 막혀 눈물도 안 나." 가끔 참지 못해 눈물을 쏟으면 "울지 마, 울지 마." 손등을 쓰다듬어주기도 하고, 빨리 가라고 크게 화를 내는 날도 있단다. 간병인이 반말하며 어린애 다루듯 하면 속이 상하지만 잘 부탁한다고 웃으며 머리를 숙인다. 무엇보다 희망 없이 그 삶을 지속해야 한다는 사실에 선배는 가슴이 무너져내린다.

자신이 누구인지 어떤 사람인지 모른 채 살아가는 시간도 인생에 포함될 수 있을까? 사랑했던 가족도 몰라보고 드높았던 자존감도 사라진 채 전혀 다른 인격으로 변해 주위도 고통스럽게 하는 삶. 그렇다면 용변을 스스로 해결하지 못하는 모멸감에 시달리며 침대에 갇혀 하루하루 견디는 삶이 더 나은 걸까? 무슨 불행 배틀도 아니고 참 어려운 문제다. 무엇도 섣불리 말할 수 없다. 평소 내 발로 걷고 혼자 화장실 가고 내 손으로 숟가락 들 수 있는 생활이 가능해야 살아 있는 거라고 말해왔다. 오만하고 어리석은 태도다. 누군들 몰라서 그런 일을 당하는 게 아니다. 갑자기 닥친 불행, 최소한의 생리적 욕구 해결이 불가능하고 내가 누군지 알 수 없는 상황이 발생하면 어떻게 해야 하나. 아직 답을 찾지 못하고 있다. 오래 살고 싶어서가 아니라 내 의지대로 죽을 수 없는 현실이 무섭다. 그저 그런 일을 당하지 않고 생을 마감할 수 있도록, 내게 남은 행운이 있다면 모두 거기에 쓰고 싶을 뿐이다.

행복에 속지 않기

좀 오래전 일이다. 잡지사에서 프리랜서로 일하던 후배 K가 도를 깨우친 이야기. 예나 지금이나 프리랜서는 신분이 불안한 직종이다. K는 부모님 덕에 강남의 좋은 동네에서 살고 있었지만 정작 본인은 일이 끊겨 백수생활을 하고 있었다. 직업도 미래도 애인도 없는 자신의 처지가 유난히 한심하게 느껴진 어느 날, 인근의 유명 요가 학원에 등록했다. 어차피 돈 없기는 마찬가지, 분위기 전환을 위한 즉흥적인 결정이었다. 좋은 시설과 수업 내용은 만족스러웠지만 수강생들이 불편했다. 강사 수준의 실력과 몸매로 명품 백을 들고 소형 외제차를 모는 20대 그녀들 때문에 기가 죽었다. 돈을 냈으니 안 다닐 수도 없는 노릇. 그들과 눈도 안 마주치며 투명 인간처럼 학원에 다녔다. 그랬는데, 예고 없이 깨달음의 날이 찾아오더란다.

"저는 혼자라 걔네들이 이야기하는 걸 주로 듣게 되잖아요. 듣다 보니 전생에 무슨 복을 타고났나 싶은 애들도 고민이 있더라고요. 그런데 그 고민이 너무 웃기는 거예요. 동생이 자꾸 자기 옷을 입고 나간다, 요즘 살이 찐 것 같다, 연예인 누구랑 누가 사귀는 건 말이 안 된다 같은 걸 정말 진지하게 이야기해요. 내가 일 끊어진 것만큼 심각하더라고요. 걔네들이 한심한 게 아니라 기분이 좋아졌어요. 인생이 누구에게나 쉽지 않구나 싶은 마음이 들었어요. 누군가에게는 백수인 주제에 비싼 요가 학원 등록하는 내 고민이 우습겠죠?"

끄덕끄덕. 행복은 낙차라고 한다. 백 번을 되뇌어도 옳으신 말씀이다. 현재 상황보다 더 좋은 일이 있어야 행복을 느낄 수 있다. 역설적으로 지금 서 있는 지점이 낮으면 행복해지기 쉽다는 의미가 된다. 만화책을 읽으며 기자들 원고를 기다리는 야근 중 틈새 휴식, 몸도 마음도 남김없이 탈탈 털어 넣은 마감 후 주말 아침의 무념무상, 봄바람에 살랑거리는 작약꽃밭과 마주친 평일 공원의 완벽한 적막. 내가 이런 것에도 대책 없이 행복했던 건 그동안 얼마나 열악한 환경에서 살았는지를 말해주는 증거들인 셈이다. 그 덕에 나는 행복에 쉽게 넘어가는 여자가 됐다.

왜 사냐는 질문에 행복해지기 위해서 산다고 대답하는 사람이 많다. 맥빠지게도 우리가 느끼는 행복감은 시상하부의 전기신호와 세로토닌, 도파민 같은 호르몬의 작용이라고 한다. 뇌의 특정 부위를 전기적으로 자극하면 아무런 이유 없이도 행복을 느낄 수 있다. 심리학자 서은국에 의하면 행복은 인간의 생존 확률을 높이기 위해 작동하는 메커니즘이다. 행복하기 위해 사는 것이 아니라 살기 위해 행복감을 느끼도록 설계된 존재가 인간이다. 그래서 먹고 사랑하고 안전을 느끼고 사람을 만나는 등 생존을 위한 다양한 조건을 충족시킬 때 쾌감, 행복감을 느끼게 된다. 행복이란 생화학적 작용에 너무 큰 가치를 부여하고 싶지는 않지만 그래도 행복해지고 싶은 게 인간 본성이다. 60년 세월에 힘입은 나의 깨달음에 의하면 행복해지는 최고의 방법은 다른 사람과 비교하지 않는 것이다. '우리는 타인의 욕망을 욕망한다'는 프랑스의 유명한 철학자 자크 라깡의 저 고급진 문장도 결국은 그 말이 아닐까? 우리가 뭐가 되려고 애쓰는 건 타인을 의식하기 때문일 확률이 높다. 사람은 저마다 유일한 존재다. 누구의 딸이고 아내이고 엄마이고 친구이고 직장인이고 등등 관계 속의 나도 있지만, 그저 순수하게 고유한 나 자신이 있을 터이다. 남을 의식해 뭔가 되려고 애쓰는 대신 온전히 내 기준으로 찾아낸 나의 욕망, 나의 행복을 누리면 좋겠다.

나는 매일 밤 임산부 수면 자세로 웹툰을 보는 게 참 좋다. 역시나 무취향자답게 장르는 닥치는 대로다. <어쿠스틱 라이프>처럼 촌철살인 공감만땅의 생활툰부터 스토리라인이 탄탄한 인생만렙 윤태호 작가의 작품들, 동물이나 전설을 소재로 독특한 세계관을 펼치는 판타지물, 병맛 개그만화 등등 재미있으면 다 좋아한다. 빈집에서 혼자 리모컨을 독점하는 시간도 해피 아워다. 엄마는 동생 집에, 아들은 여행 떠난 3년 전 연말은 지금 떠올려도 흐뭇하다. 한겨울 따뜻한 집안, 모닝 맥주와 함께 드라마 <시그널>을 몰아보던 2박 3일, 마음에 그늘이라곤 1도 없이 완벽한 평화를 즐겼다. 다이어트에 성공해 꼭 끼던

바지 지퍼가 올라가는 순간의 짧은 행복보다 딸기생크림케이크나 티라미수가 입안 가득 들어오는 걸 선호한다. 그래서 오늘도 친구가 남긴 디저트를 기꺼이 클리어하며 지구환경 보호에도 일조하고 있다.

'승부보다 완주가 더 중요한 걸까?'라는 글귀를 본 적이 있다. 그런 걸 묻는 사람을 만나면 뒤통수를 세게 때리고 싶다. 질문의 전제 자체가 잘못되어 있다. 타인과의 경쟁에 집착하는 바보짓은 말할 나위 없고 완주에 대한 강박관념도 버려야 한다. 완주보다 중요한 건 지금 걷고 있다는 사실이다. 각자 자신만의 길을 걷고 있는데, 남들보다 뒤처진 것도 앞선 것도 있을 리 없다. 내가 유일하고 독립적인 존재인 만큼 타인도 그럴 테니 인정하고 존중해줘야 한다. 우리는 모두 혼자이고 외롭다. 하지만 혼자라서 자유롭다. 혼자의 시간을 온전히 즐길 수 있는 사람만이 진정으로 행복할 수 있다. 조금은 씁쓸하면서 달콤한 초콜릿 맛 행복이다.

즐겁게 살다가 명랑하게 죽는 법

명치가 뭉치면서 무지근한 통증이 밀려왔다. 뭔가 조짐이 이상했다. 가끔 체하거나 배가 아픈 증세는 있었지만 이런 종류의 통증은 처음이었다. 새벽 4시다. 분별없이 가스활명수와 매실액을 마셨는데, 오 마이 갓! 위가 뒤틀리고 진땀이 나면서 참을 수 없는 고통이 찾아왔다. 가슴을 움켜쥐며 검색하니 위경련 증세와 비슷했다. 누울 수도 앉을 수도 서 있을 수도 없었다. 바닥을 구른다는 게 이런 거구나. 119를 불러야 하나? 아파트 입구까지 사이렌 소리 울리면서 오면 어떡하지? 엄마는 또 얼마나 놀랄까? 요즘 같은 코로나 시절에 병원 응급실 가는 건 정말 아니잖아. 갈등 끝에 저절로 통증이 가라앉을 때까지 기다리는 방법을 선택했다. 설마 큰일이야 나겠어? 일단 참아보자. 싸지도 토하지도 않은 상태에서 위가 부풀어 올라 숨을 쉴 수 없는 느낌이었다. '미치겠다, 어떡하지?'를 비명처럼 삼키며 견디다 보니 드디어 조금씩 잦아드는 신호가 오기 시작했다. 바짝 마른 입을 미지근한 물로 적신 후 시간을 보니 5시가 지나 있었다. 통증이 사라지면서 숙면이 찾아왔다.

이런 일은 처음이었다. 미모는 몰라도 건강은 타고났다고 자신했다. 건강 검진 결과 위축성 위염 진단을 받기는 했지만, 위염은 한국 사람 필수템이라면서 무시했다. 여전히 하루 서너 잔씩 커피를 마셨으며 감기 신호가 오면 생강차와 판피린으로 자가치료를 해왔다. 하지만 강렬했던 고통 앞에서는 겁이 더럭 났다. 내가 아프면 누가 나를 돌봐줄까? 나는 늘 스스로를 엄마와 아들의 보호자라고 여겼는데 어느새 내게도 보호자가 필요한 때가 오고 말았다. 그래도 엄마는 자식이 넷이니 유사시 책임을 나누면서 장기간 버티는 게 가능하겠지만, 외동인 아들은 잘못하면 독박 수발의 책임을 지게 될지도 모를 일이다. 내 의사와 무관하게 그런 순간이 오면 어떻게 하지? 상상만 해도 어질하다. 급한 대로 위에 좋다는 양배추즙을 주문하고 커피를 끊었다.

품위 있게 죽는 법이 화두다. 관련된 책이며 각종 콘텐츠도 넘쳐난다. 진작에 인생의 반환점을 찍은 나도 관심이 없을 수 없다. 얼마 전 웰다잉 관련 유튜브를 무심코 열었다가 한 구독자의 댓글에 가슴 먹먹해졌다. 오랫동안 혼자서 엄마를 간병하고 있다는 그녀는 부모가 자식에게 해줄 수 있는 최고의 선물은 본인의 죽음을 스스로 준비하는 것이라고 건조하게 말했다. 자식에게 빚과 짐과 부담을 남기지 말아 달라고, 자식을 나쁜 사람 만들지 말아 달라고 담담하게 적었다. 그녀에게 공감과 응원을 보내는 답글들을 보면서 나도 고개를 끄덕일 수밖에 없는 현실이 가슴 아팠다. 지금 내게 단 한 권의 책을 추천해달라고 한다면 망설이지 않고 <어떻게 죽을 것인가>를 선택하겠다. 윤리학과 철학을 공부한 인도 출신 미국인 의사 아툴 가완디가 인간다운 죽음을 맞이하는 법에 대해 철학적 성찰과 유용한 정보를 들려주는 책이다. 누구나 필연적으로 노환이나 질병으로 인해 독립적인 삶을 유지할 수 없는 순간이 온다. 그때 우리는 어떻게 할 것인가?

죽을 때도 돈이 있어야 한다, 연명치료 거부 의사를 사전에 밝혀야 한다, 상속을 미리 결정해 두어야 한다 등등. 다 맞는 말이고 필요한 일이다. 핵심은 삶의 마지막 순간까지 자기 결정권을 행사할 수 있어야 한다는 것이다. 저자는 모든 마지막 단계에서는 결국 죽음이 이기게 되어 있으며, 의사들은 언제 이 전투에서 패배를 인정해야 할지를 두고 싸우는 중이라고 말한다. 몸과 마음을 완전히 망가뜨리기 전에 패배를 인정하고 마무리를 잘 할 수 있게 돕는 것이 남은 사람들의 할 일이라고 설득한다. 삶의 마지막을 스스로 선택한다는 건 스스로 죽음의 순간을 앞당길 수도 있다는 의미다.

나의 EX시아버지는 폐암이 재발해서 돌아가셨다. 병원 침대에서 간병인이 대소변을 받아내야 하는 상황이 길어지자 그분은 주삿바늘을 모두 떼어내고 집으로 가셨다. 마지막을 배웅하기 위해 잠시 뵈러 갔을 때, 모든 신체 기능이 작동을 멈추다시피 했지만 의식만은 또렷해 보였다. 불행인지 다행인지 퇴원 후 일주일도 안 되어 눈을 감으셨는데 마지막에 곡기를 끊으신 게 결정적이었던 것 같다. 그분의 나이 86세. 존경스러웠다. 주위의 여러 사례를 종합해본 결과, 가장 깔끔한 마무리는 마지막 순간 음식을 거부하는 거였다. 꼿꼿했던 나의 외할아버지도 그렇게 돌아가셨다고 한다. 나도 따라 하고 싶은데, 식탐이 강해서 자신이 없다.

독립적이고 즐겁게 살다가 가볍고 유쾌하게 죽고 싶다. 자식과 사회에 폐 끼치지 않고 싶다. 매해 보험료가 올라 고민하던 실손보험을 유지하고 있으며 암이나 큰 병에 걸리면 목돈 나오는 보험도 있으니 병원비는 대충 해결될 듯하다. 아, 비급여 항목의 치료는 사절이다. 당연히 연명치료도 거부한다. 경제적 독립은 국민연금과 주택담보대출로 지켜나갈 작정이다. 최소한의 안전장치는 있는 셈이니 마음 케어만 잘하면 된다. 이건 또 내가 자신 있는 분야다. 신경줄이 무딘 덕에 웬만해서는 흔들리지 않는다.

생의 마지막 순간에는 사랑하는 사람들과 웃으면서 추억을 나누고 싶다. 장례식장 말고 집으로 부를 생각이다. 오래전에 나한테 꿔간 돈은 다 갚은 건지, 유부남과의 불륜 스캔들이 사실이었는지 물어보고 싶은 친구들도 있다. 그때는 사실대로 말해주겠지? 조카들에게는 어린 시절 고모가 해준 것들을 리마인드시켜야겠다. 과학동아 정기구독과 천체망원경 선물, 학원 라이더, 가끔 일일 보모 노릇까지…. 다들 버젓한 어른이 되어 있으리라. 하나뿐인 아들에게는 뭔가 특별한 걸 물려주고 싶다. 하지만 비법이 담긴 레시피 노트도 없고 두메산골 땅 한 뙈기도, 번쩍대는 골드바도 없으니 말로 때울 수밖에. 엄마가 정말 사랑했다고, 세상에 딱 너 하나였다고, 그동안 고마웠다고 말해줘야지.

미쳤나 봐. 상상만으로 울컥해지고 말았어.

PART 2 가족

어쩌다 우리는 서로의 포로가 되었나

정체불명의 집단, 가족을 생각함

친구 넷이 구례에 사는 후배 집에 다녀왔다. 한 사람은 직장 선배, 한 사람은 직장 후배, 또 다른 사람은 후배의 친구로 이리저리 얽혀서 대충 맞먹으며 친하게 지내는 사이다. 2박 3일 동안 지리산 자락을 바라만 보며 잘 먹고 잘 마시고 수다 삼매경 후 돌아오는 차 안. 그래도 못다 한 이야기로 들썩거렸다.

지잉 지잉~ 내 핸드폰이 울린다. 엄마다. 딱히 반갑지는 않지만 안 받기도 애매하다. "어디냐? 집에 언제 도착해?" 엄마와 다정하게 통화하는 딸도 많지만 나는 아니다. "지금 가고 있는데요, 저녁 먹을 때나 돼야 도착…." "일찍 좀 오지, 쯧쯧. 내가 소화가 안 돼서 영 밥을 못 먹고 있다." 딸칵! 일방적인 엄마의 전화에 걱정보다 울화가 불쑥 치민다. 뭐야, 진짜! 늘 이렇게 하고 싶은 말만 하고 끊어버린다니까. 좁은 차 안이라 실내에 냉기가 금세 전해진다. 다들 내 눈치를 슬쩍 본다. "엄마한테 존댓말 써? 직장 상사랑 통화하는 거 같네." "응, 엄마랑 친해질까 봐 일부러 존댓말 써. 속이 안 좋다고 빨리 오라신다." 옆에서 자신의 카톡을 들여다보던 선배는 쾌재를 부른다. "오늘 우리 남편 저녁 약속 생겨서 나간다길래 아주 늦게까지 놀다 오라고 답해줬다. 흐흐. 저녁은 대충 혼자 때우면 되겠어." 은퇴 후 집돌이가 되어 매일 맛난 것만 찾는, 안쓰럽고도 못마땅한 남편이 외출이라는 선행을 베푸셨단다. 졸혼이 소망이라지만 내 보기에 가능성은 매우 낮다. 선배는 이미 남편 인생에 측은지심을 가진 상태이기 때문이다. 연이어 후배 한 명이 한숨을 쉰다. "주말이라 지금 집에 가면 남편 올라와 있겠다. 오랜만에 봐도 반가운 게 아니라 갈수록 심드렁해." 주말부부 아니었으면 여태 같이 살지도 못했을 거라며 투덜댄다. 지방대 교수인 남편은 다소 고지식하지만 착실한 사람이다. 그런데도 가정적인 면은 소심함으로, 한결같은 성실함은 재미없는 샌님 기질로 느껴지는 모양이다. 50대가 되면 가족 등 따시게 해주고 속 안 썩이는 남자가 최고의 남편이라는 걸 알게 되지만, 여전히 나쁜 남자의 매력에 빠져 있는 게 틀림없다. 하긴 그녀는 아직도 세상사 관심 많고 에너지가 넘치는 사람이다. "아니 다들 왜 그러세요! 그럼 남편도 부모도 자식도 없이 혼자 사는 내가 제일 행복한 거야?" 또 다른 후배의 말에 이구동성, 네가 위너!! 짧은 순간 벌어진 코미디 같은 상황에 다 같이 웃고 말았다.

오래전 택시에서 한 라디오 프로그램의 청취자 사연을 들은 적이 있다. 원치 않게 지방으로 전근 간 30대 가장의 이야기였다. 처음에는 주말마다 서울 집으로 달려갔지만 점차 아내의 환대도 시들해지고 자신도 지방에서 동료들과 어울려 노는 게 재밌어졌단다. 아내도 친정에 드나들며 육아 도움을 받고 남편 없는 생활을 불편해하지 않기 시작했다. 따로 살기 2년여, 남편은 회사의 지방 근무 연장 요청에 고민하는 자신을 발견하고는 화들짝 놀랐다. '가족이 뭐지? 이렇게 따로 사는 게 편하면 결혼은 왜 한 거야?' 싶은 생각이 들었다. 지금은 서울로 올라와 가족이 함께 잘살고 있지만, 가끔 지방에서 혼자 누리던 자유가 그립다는 내용이었다. 공감 백배. 젊은 시절 나의 1순위 희망 직장은 지방신문 기자였다. 중앙신문사는 합격할 자신도 없었지만, '오피셜하게' 집을 떠나고 싶은 마음이 컸다. 등록금을 제때 못 받은 것도 아니고 가정폭력이 있었던 것도 아닌데, 끼니마다 따뜻한 밥상이 제공되고 심지어 딸이 하나라 방을 혼자 썼는데도 말이다. 여러 식구가 사생활 보장 없이 같이 사는 것 자체가 마음에 안 들었다.

엄마 때문에 심기는 불편해졌지만 그래도 걱정은 되었다. 서울에 도착하자마자 죽을 사서 헐레벌떡 집에 들어섰더니, 울 오마니 식탁에 앉아 참나물이 맛있다며 빈 밥그릇을 물리고 있다. 속 안 좋다는 전화는 페이크였나 보다. 쇼핑백을 보시더니, 죽 안 좋아하는데 비싼 죽은 뭐 하러 사 왔냐고 한술 더 뜬다. 혈압 급상승. 엄마가 진짜 아프면 누가 고생인데, 잘 드시는 모습이 다행이라고 생각해야 하는데 나는 아직도 수양이 부족한 인간이다. "이럴 거면서 전화는 괜히 해서 사람 걱정하게 만들고!" 저절로 목소리 톤이 높아졌다. "아까는 진짜 속이 안 좋았다고. 그리고 내가 그런 전화도 못 하니?" 늘 그렇듯 엄마의 한판승. 엄마 앞에만 서면 나는 언제나 변변찮은 인간이 되고 만다.

생각할수록 가족은 정체불명의 집단이다. 어쩌다 우리는 한 가족으로 만나 이토록 사랑하고 미워하고 걱정하고 서운해하고 궁금해하고 귀찮아하는, 날 것 그대로의 인간관계에 기대어 살게 되었나. 지금 내 옆에 있는 저 할머니, 저 남자, 저 청년, 저 아가씨, 저 학생, 저 아이가 내 인생을 마구 휘젓게 된 연유는 무엇일까? 내 의지와 선택의 개입은 이렇게나 제한되어 있는데, 어디서부터 이 억센 인연이 시작된 건지.

가족이 아무도 없다면 우리 인생은 어떻게 될까? 외로움에 쉽게 무너져 내리는 힘겨운 삶을 살게 될까? 오로지 자기 자신에게 집중하며 한 차원 높은 인간으로 살게 될까? 개인적으로 인간에게 서열이 있다면 혼자 살면서 자신의 인생을 독립적이고 즐겁게 꾸려가는 사람, 결혼은 했으나 아이 없이 행복하게 해로하는 사람, 자식 낳고 액션어드벤처판타지신파극 찍으며 사는 사람의 순서가 아닐까 싶다. 어쩌면 우리에게 진정으로 필요한 건 생물학적 가족이 아니라 위로와 사랑을 나눌 수 있는 존재인지도 모르겠다.

가족관계도 프로토콜이 필요한 이유

집으로 향하는 길이었다. 큰동생 집에 4남매 가족이 빠짐없이 모여 차례 지내고 세배하고 떡국 먹고, 심지어 웃으며 헤어졌으니 이만하면 훌륭한 명절 오전이다. 가다 서기를 반복하며 느슨하게 운전대를 잡고 창밖을 보다가 심상치 않은 장면을 목격했다. 젊은 커플이 갓길에 차를 세운 채 싸우고 있었다. 길이 많이 밀려 제법 구체적인 장면을 볼 수 있었는데, 서로 외나무다리에서 부모 원수라도 만난 양 노려보며 소리를 질러댔다. 두 사람 모두 곱게 한복을 차려입고 여자는 갓난쟁이를 품에 안고 있었다. 딱 봐도 시댁이나 친정에 다녀오는 모양새다. 그 모습이 오히려 비현실적으로 느껴졌다. 저러다 뭔 일 나는 건 아니겠지. 가슴이 덜컥 내려앉았다. 무엇이 저 젊고 예쁜 부부를 적대감에 이글거리게 만들었을까? 차창을 내리고 힐끔거리며 지나가는 사람들도 눈에 안 들어올 정도로 분노하게 만든 게 무엇일까? 사이드미러로 부부를 좇으며 그 자리를 벗어날 때까지 조마조마한 기분이 들었다.

그날 밤 자리에 누워 젊은 부부를 떠올렸다. 부부가 소리도 지르고 더러 안 깨지는 물건도 집어 던지며 하지 않아야 할 말로 서로를 할퀴는 거야 새삼스럽지도 않다. 이혼도 하는데, 뭐. 하지만 명절 아침, 사람 많은 길거리에서 아기를 안은 채 상대방을 향해 분노를 내뿜는 젊은 부부는 또 다른 의미로 다가왔다. 우리의 자식들은 어떤 배우자가 될까? 좋은 부모가 될 수 있을까? 유능하고 당당하고 똑똑하기를 요구받았을 뿐, 양보와 배려와 예의는 놓치고 살아온 게 아닐까? 살다 보면 맞닥뜨릴 수밖에 없는 부당하고 억울한 일에는 어떻게 대처해야 하는지 배우지 못한 게 아닐까? 저밖에 모르는 한 아이 세대의 불행이라며 어깨를 으쓱하고 넘어가기에는 목구멍이 따끔거린다. 자식을 잘 키우려고 다들 그렇게 열심이었는데….

사회, 학교, 직장 할 것 없이 과거의 질서는 사라지고 새로운 질서는 자리 잡지 못한 시대다. 어느 한때 안 그런 적이 있었겠나 싶지만 변화의 속도가 너무 빠르다. 게다가 갑자기 늘어난 평균 수명 덕에 서로를 절대 이해하지 못하는 여러 세대가 동거해야 하는 현실이다. 우리는 지금, 아들을 못 낳았다는 이유로 남편의 첩을 인정하며 살았던 할머니와 남동생에게 왜 밥을 차려줘야 하냐며 눈을 동그랗게 뜨는 딸과 같이 살고 있다. 2년 전쯤인가. 공개 동거 커플이 결혼 여부를 고민하는 웹툰을 재미있게 봤다. 30대 주인공은 김장하는 날 수육 먹고 김치통만 들고 가라는 예비 시어머니 요청에 결혼의 본질을 고민했으며, 댓글은 가지 말라는 내용이 주를 이뤘다. 결혼 전인데 관계 설정을 분명하게 해야 한다는 거였다. 처음에는 '그렇게까지?'라고 생각했지만 잠시 후 '오, 이 여자들 똑똑한데' 싶었다. 예비 시어머니는 두 사람의 동거를 인정했고, 주인공과도 사이가 좋은 나름 앞선 50대였다. 하지만 결혼 이야기가 오가니 확실히 예전과는 다른 관계를 기대했던 것이다. 시어머니로서의 개입, 그게 맛있는 김장김치를 가져가라는 선의였다 하더라도 그런 걸 하려 들었다. 주인공이 결혼을 망설이던 가장 큰 이유가 바로 타인의 '감 놔라, 배 놔라' 였으니, 심각하게 받아들인 게 당연했다.

참 어려운 세상이다. 부모와 자식이 살아온 배경이 너무 다르다. 당연히 생각이 다르고 이해를 못하니 서운하기 딱 좋다. 내 자식만 있을 때는 그러려니 하지만 남의 자식이 우리 식구가 되면 상황이 복잡해진다. 가만히 보니 며느리 노릇에 대한 인식 차가 갈등의 배경인 경우가 많다. 남녀차별이 뭔지도 모르고 아들과 똑같이 키워진 딸이 결혼했다고 현모양처 모드로 전환될 리가 없다. 문제는 딸은 정작 그렇게 키워놓고 우리에게 은연중에 시어머니 마인드가 있다는 사실이다. 우리의 가족관계에는 새로운 질서가 필요하다. 질서가 자리 잡지 못한 초기 혼란기에는 상호 합의에 따른 프로토콜을 제정하는 것도 좋은 방법이다.

나는 아들이 취업하자마자 월급과 보너스 등 모든 수입의 10%를 상납받는 '십일조 규칙'을 만들었다. 월급이 오르면 덩달아 십일조 금액도 커지는, 나름 내게 유리한 방법이다. 최근 아들이 독립한 후에는 매월 둘째 주말 집에 와서 하룻밤 자고 가기로 정했다. 언제 한 번 다녀가라는 말로는 시간을 내주지 않기 때문이다. 젊은 부부라면 한 달에 한 번 남편과 아내가 자신의 본가에 혼자 가서 1박 하는 규칙을 적극 추천한다. 아이가 있다면 물론 아이 동반이다. 부모님도 반겨주고 무엇보다 집에 남겨진 배우자가 만세삼창을 외칠 확률이 높다. 부모님 집을 방문할 때는 유명 맛집의 포장 음식이나 밀키트를 지참하는 약속도 바람직하다. 찾아보면 소소한 규칙 제정은 얼마든지 가능하다. 관습법이 무너지면 성문법에 주목하는 지혜가 필요하다.

가족도 피해갈 수 없는 '본전 생각'

대충 눈짐작으로 헤아려보니 200석이 훌쩍 넘는 규모다. 시작이 아직 10분 이상 남았는데 빈자리가 눈에 띄지 않았다. 참석자 대다수는 3, 40대 여자들. 드라마 작가 노희경의 북 토크 현장은 기대감과 가벼운 흥분으로 수런거렸다. 집에서 멀지 않은 구립 도서관에서 열리기도 했고 달리 약속도 없는 저녁, 강연장 한자리를 차지하고 앉았다. 노희경은 특별한 작품 목록을 꽤 많이 가지고 있는데, 내게는 <디어 마이 프렌즈>만으로도 1순위 작가였다.

노희경의 인생에 대한 통찰과 글쓰기 능력이야 이미 오래전 딴지가 불가능한 반열에 올랐다. 언제나 혼자 무언가를 꾹꾹 눌러 담으며 애쓰고 사는 것처럼 보였던 그녀는 강연장에서 의외로 편안해 보였다. 유머와 여유까지 느껴졌다. 배우 윤여정의 연기에 감탄해 신들린 것 같다고 하자, "얘, 내가 무당이니? 신들리게? 다 연구해서 하는 거야." 했다는 일화에 웃음이 터졌다. 내가 이래서 윤여정을 좋아한다니까. 작품의 영감은 어디서 얻느냐는 질문에 안 찾아오는 영감 대신 철저한 자료조사와 연구를 통해 글을 쓴다고 답변했는데 고개가 끄덕여졌다. <괜찮아, 사랑이야>라는 드라마를 쓸 때는 정신질환 처방전을 쓸 수 있을 정도로 공부했다고 한다.

기대했던 것 이상의 시간이었다. 강연 들을 때면 팔짱 끼고 듣는 타입인 내가 공감 하트를 마구 날렸다. 부처가 말씀하셨다는 선(善)에 대한 정의가 특히 인상적이었다. 부처님께서 선이란 나를 이롭게 하고 남도 이롭게 하는 거라고 말씀하자 제자 중 한 사람이 그 둘이 부닥칠 때는 어떻게 해야 하냐고 물었고, 그렇다면 내게 좋은 게 선이라고 하셨단다. 역시 부처님이야! 내가 듣고 싶은 말을 해주시는구나.

우리 같은 일반인은 나와 남의 이익이 부딪치면 자신에게 유리한 걸 선택하기 마련이다. 누구나 내게 좋은 걸 먼저 선택하고 내 몸과 마음의 필요가 충족되어야 남을 돌아볼 수 있다. 하지만 가족은 다를 수밖에 없다. 나를 위한 선택이 다른 구성원의 바람이나 유익과 어긋날 때 갈등하고 마음이 불편해진다. 살면서 마주하는 가장 강력한 고통인 경우도 많다. 그럴 때도 나 자신을 먼저 생각하라고 부처께서 인정해주신 거 아닐까?

인간은 누구나 '본전 생각'을 한다. 물질이든 마음이든 시간이든 가진 걸 쏟고 나면 보답을 기대하는 게 세상만사 변치 않는 진리다. 내가 가진 유한한 자원을 나눴는데 돌아오는 게 아무것도 없으면 억울해지는 게 당연하다. 가족 간에도 마찬가지다. 사람에 따라 본전 생각이 나는 기준점이 다르겠지만, 피해갈 수는 없다. 처음에는 혼자 사니까, 경제적 형편이 제일 나으니까, 자연스럽게 부모를 부양하거나 병수발을 들기 시작한다. 시간이 지나면서 투여 자원의 총량은 늘어만 가는데, 형제들은 당연하게 여기고 엄마는 어쩌다 찾아오는 자식을 더 고마워한다. 좋은 마음은 온데간데없어지고, 화가 나, 안 나? 이런 자신이 찌질하게 느껴지면서 마음이 불편해, 안 불편해? 본전 생각이 나, 안 나? 부모도 다르지 않다. '내가 너를 어떻게 키웠는데…' 본전 생각을 대표하는 이 촌스러운 대사가 드라마에만 나오는 건 아니다. 그러니 본전 생각나서 억울하지 않게 처음부터 잘 생각하고 시작하자. 자신이 선택해놓고 상대방 원망하는 것만큼 어리석은 일도 없다. 그렇다고 가족 간에 조금도 손해 보지 않겠다는 건 하자 있는 인성. 나와 가족 사이에 밸런스를 지키되, 첫 번째 원칙은 '내가 먼저'라는 거다. 우리 각자가 행복하면 모두 행복할 수 있지만, 타인을 위해 일방적으로 희생하면 결국 누구도 행복해질 수 없다. 물론 당신이 평생 남에게 주기만 해도 행복한 사람이라면 예외지만 말이다.

대책 없는 부모 사랑을 고발한다

한때 인터넷 웹상에서 초등학생들의 엽기 시험 답안지가 유행한 적이 있었다. '개미를 삼등분하면?'이라는 문제에 '머리, 가슴, 배' 대신 '죽는다'라는 황당한 답을 내놓는 식이다. 대충 뻔한 이야기 중에 눈이 번쩍 띄는 질문과 답이 있었으니, 문)부모님들은 왜 우리를 사랑하는 걸까요? 답)그러게 말입니다.

2003년 소설가 박민규가 등장했을 때 오호, 내 스타일이야~ 한달음에 팬이 됐다. 그의 신선한 글과 시각이 마음에 들었다.

진짜 팬이 된 건 데뷔 초기 <한겨레신문>에 연재했던 한 칼럼 때문이었다. 위에 인용한 '그러게 말입니다'라는 제목의 칼럼을 반듯하게 오려 사무실 책상 가장 잘 보이는 곳에 붙여 두었다. 종이가 누렇게 변하고 스카치테이프의 접착력이 사라지자 착착 고이 접어 수첩에 모셔 두었다. 나의 자식 키우기 화두는 박민규의 '그러게 말입니다'였다.

그는 우리가 자식들을 위해, 더 좋은 환경을 물려주기 위해, 다른 아이들보다 저만치 앞선 출발선에 세우기 위해 직장 상사의 모욕을 견디고 부동산에 투기하고 부정을 저지르고 신에게 기도하는 건 아닌지 물었다. 다 자식을 사랑하고 사랑하고 또 사랑해서라는 이름표를 달고 있지만, 자식을 보험으로 생각하고 있는 건 아닌지 의심했다. 그렇다면 그 끝없고 대책 없는 사랑을 그만두라고, 그 사랑은 당신 아이들의 감사는커녕 어리둥절함만 만들 거라고 경고했다. 아아, 정말이지 구구절절 옳은 소리 아닌가. 부모들이 '내가 너를 어떻게 키웠는데'와 '다 너 잘 되라고' 2종 세트를 시연하는 순간, 아이들은 2배속으로 뒷걸음질 치고 만다. 속으로는 '내가 언제 그러라고 했어?'를 중얼거리면서. 잊지 말자. 일방통행 부모 사랑에 대한 아이들의 대답은 '그러게 말입니다'다. 그것이 가공되지 않은 아이들의 진심이다. 그러니 우리는 자식이 아닌 나 자신을 위해 고단한 직장을 견디고 더 넓은 집을 사고, 기도하며 살 줄 알아야 한다. 그게 자식과 함께 행복해지는 방법이다.

결국, 화두는 자식의 행복인가. 혼자 아들을 키운 나는 더욱 마음가짐을 단단히 해야 하는 처지다. 저 하나 바라보는 홀어머니 밑에서 자란 아들은 어느 순간 그런 엄마가 부담스러워지기 마련이다. 내가 내 위주로 살아야, 최소한 희생하지 않고 살아야 아들이 편해지고 행복해질 수 있다. 아들이 고등학생이 된 후 기회 닿을 때마다 각자 잘 살자고, 서로에게 빚지지 말자고 일깨우곤 했다. 주말에 달걀프라이 간장밥을 해주고 설거지를 시킨 것도(그릇 몇 개 안 되잖아), 맨날 학원비를 늦게 내서 아들을 곤란하게 만든 것도(학원비는 자동이체가 안 되더라), 숙제와 준비물 없는 초등학교에 보낸 것도(교육비 비싼 사립학교였다는 게 함정), 수시로 여명808을 사 오게 한 것도(숙취 해소에는 단연 최고) 다 내가 편해야 아들이 편해지는 선순환을 만들고자 하는 빅 픽처였다.

하지만 아이가 실제로 나보다 더 많은 시간을 보내는 사람은 우리 엄마였다. 아들이 '네 엄마가 누구 때문에 저렇게 고생하는데, 네가 보란 듯이 잘 돼야 엄마가 떳떳하다.'고 말하는 외할머니를 견디고 있다는 걸 알았을 때는 화가 났다. 이런 상황에서 어떤 선택도 결정권도 없이 가장 큰 피해를 당한 사람은 자식인데…. 엄마에게 그런 말로 스트레스 주지 말라고 했다. 엄마는 '애 잘못은 아니지만 상황이 이렇게 됐으니 더 열심히 노력해서 잘 되라는 건데 내가 무슨 틀린 말 했냐.'고 반박하셨다. "내가 고생하는 거랑 애가 잘 돼야 하는 거랑 무슨 상관이야? 그리고 나 별로 고생도 안 해(진짜?)! 자식이 잘 되는 게 부모를 위해서가 아니라 당사자를 위해서지, 그런 말로 스트레스 주면 오히려 비뚤어질 수도 있다고!" 엄마는 딸인 나를 위하느라 한 말인데, 그게 더 나를 힘들게 했다는 걸 이해하실까?

이게 다 부모 자식 관계가 뇌 신경세포의 시냅스만큼이나 복잡하게 얽히고설켜 있기 때문이다. 부모와 자식은 각자의 행·불행이 곧장 상대방과 연결되는 특수관계자들이다. 동시에 서로에게 가장 치명적인 상처를 줄 수 있는 거의 유일한 존재들이다. 오죽하면 자신을 망가뜨려 부모를 불행하게 만드는 자식들도 있지 않은가. 안타깝게도 우리 모두는 부모 노릇 무경험자들이라 자주 실수한다. 게다가 그 노릇을 겨우 외울 만하면 세상이 변하면서 그게 아니라고 고개 젓는다.

물론 변치 않는 것도 있다. 아무리 가정의 질서가 자식 위주로 달라졌다고는 해도 부모 자식 관계에서는 본질적으로 부모가 '갑'이다. 어린 시절 우리가 좋은 성적표를 원했던 건 엄마를 기쁘게 하기 위해서였을 가능성이 크다. 성인이 된 후에도 부모로부터 인정받기 위한 자식의 분투가 드라마나 소설의 소재인 것만은 아니다. 그러니 자식을 키우고 어른으로 성장시키기 위한 노력은 갑의 권리이자 의무이다. 혹시 자식을 위해 희생하고 살았다고 대내외적으로 자부한다면, 자식을 위해 그가 원치 않는 일을 하고 있다면 그게 바로 갑질이다. 국민소득 3만 불 시대, 갑질은 언감생심 꿈도 꾸지 말아야 한다. 갑질은 언제 어디서고 허용되지 않는다.

모성애라는 판타지

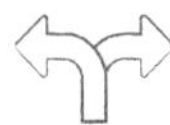

출산 후 벅찬 감동의 눈물을 흘렸다는 사람을 일단 의심했다. 죽을 것 같던 통증이 끝난 기쁨의 눈물인가? 기다렸던 아이를 무사히 낳았다는 안도의 눈물일 수는 있겠다. 그래도 너무 식상한 클리셰다. 아이를 처음 품에 안는 순간 특별한 감정이 밀려오는 건 분명하다. 내게 그건 두려움이었다. 전적으로 나의 돌봄이 필요한 한 생명이 태어났구나, 이 아이를 책임져야 하는구나, 이제 내 인생을 나눠 써야 하는구나. 잘 할 수 있을까? 배 속에 있을 때와는 달리 실물이 눈앞에 딱 들이닥치니 가슴이 묵직해졌다. 이 순간이 아름답고 눈물 난다고? 양수에 불어 빨갛고 쪼글쪼글한 몸뚱어리도 감동을 방해하던데…. 끼리끼리라고, 내 주위에는 나 같은 사람이 많다. 한 친구는 간호사가 건네준 아이를 슬며시 밀어냈다고 한다. 갑자기 밀려든 부담감에 아이를 안을 마음이 안 생겼기 때문이다. 신생아실의 아이를 면회하고 돌아서면서 '아, 이제 맥주 마셔도 되겠구나'라는 생각이 제일 먼저 들었다는 선배도 있다. 우리는 산후통으로 고통스러워했고, 여전히 부른 배를 보며 언제 빠질지 걱정했으며, 아들이니 더 안 낳아도 되겠다고 주판알을 튕겼다.

희생적이고 헌신적인 모성애가 인간의 본능이라는 주장은 판타지다. 그것이 인간의 본능이라면 그렇지 않은 수많은 엄마는 인간 본능을 거스르는 초월자란 말인가. 외할머니는 다섯째 이모가 태어나자 이불에 엎어놓으셨다고 한다. 쓸데없는 딸만 줄줄이 낳았다는 생각 끝에 극단적인 선택을 하신 거였다. 숨이 막혀 캑캑거리자 똑바로 돌려 눕혔지만 그 행위 자체가 사라지는 것은 아니다. 당시에는 놀랍지도 않은 일이었다. 멀리 갈 것도 없다. 소설 <82년생 김지영> 속 지영에게는 집에서 아이를 키우는 삶 자체가 형벌이었다. 사회에 나가 일하고 인정받고 성취하고자 하는 욕구가 모성애와 충돌했기 때문이다. 아들과 딸에 대해 달리 작동하고 시대에 따라 달라지는 모성. 우리는 그 모성을 절대시하는 경향이 있다. 희생하는 모성을 당연하다 여기고 희생하지 않는 모성을 불편해한다.

모성애는 상대적이다. 자신을 사랑하는 방식과 아이를 사랑하는 방식이 어떻게 만나느냐에 따라 폭넓은 스펙트럼을 띠게 된다. 딸 셋을 둔 친구 P는 건강하게 오래 살고 싶어 한다. 오랫동안 딸들 곁을 든든하게 지켜주는 친정엄마가 되고 싶기 때문이다. 산바라지도 해주고 손주도 키워주고 김장도 담가주고 싶어 한다. 그게 바로 세대 간의 선순환이며 자신의 생산성을 높이는 행복한 할 일이라고 생각한다. 중학교 친구 E는 태어나서 제일 잘못한 일이 자식을 낳은 거고 제일 잘한 일이 한 명 낳은 거라고 말한다. 잘생긴 과일을 골라 먹이고 좋아하는 음식을 상에 올리고 철철이 침대 시트를 바꿔주며 정성을 다하면서도, 자신을 전적으로 얽매이게 하는 존재가 있다는 사실이 싫단다. 자식의 능력이 빤히 보이는데 헛된 기대를 품으며 휘둘리는 자기 자신이 못마땅하다. 그 친구의 희망 사항은 아들이 빨리 결혼해서 잘살고 있다는 소식만 전하고 눈앞에서 멀어지는 것이다.

무조건 희생하고 헌신하는 것만이 모성은 아니다. 우리는 각자의 시대에 맞는 자신만의 방식으로 모성을 실천하고, 그 방식 그대로 존중받으면 된다. 내가 아이를 키울 때는 일하는 여자들의 분유 수유를 당연하게 생각했다. 법으로 보장된 출산휴가는 60일. 실제로는 30일만 쉬고 출근하기 일쑤인 환경에서 어설피 모유 수유를 시작했다가는 감당이 안 되기 때문이다. 대다수는 분유 수유에 대해 죄책감을 느끼지 않았다. 워킹맘이 전업맘과 유사한 강도와 정성으로 아이를 키우기는 어렵다. 무슨 일이든 너무 애쓰고 무리하면 탈 나기 쉽다. 모성도 예외가 아니다. 자신이 처한 상황에 맞게, 각자의 최선을 다하면 된다.

안다. 말이 쉽지. 세상 무엇과도 비교 불가한 자식 문제 아닌가. 어디까지가 최선인지 연습해볼 수도 없고 남의 경험을 무조건 가져다 쓸 수도 없는 노릇이다. 모성애는 특히 아이가 배 속에 있을 때 시험에 들기 쉽다. 예전에는 당연했던 나의 일상적인 행동이 태아에게 영향을 주기 때문이다. 나의 일상을 어디까지 허용할 것인가? 나는 임신 초기 LA 출장을 다녀왔으며, 부른 배를 안고 귀청이 찢어지는 듯한 클럽에도 갔었다. 시를 읽고 클래식 음악을 듣는 대신 취재수첩과 무거운 사진 촬

영용 조명기구를 들고 다녔다. 소화 안 되는 철분제 대신 밥을 잘 먹었고, 가끔 맥주 한 잔과 커피도 마다하지 않았다. 건강한 내 몸과 '엄마의 스트레스가 제일 나쁘다'는 담당 의사의 말을 방패막이로 사용했다. 아이를 키우면서도 크게 다르지 않았다. 어린이집 현관에서 우는 아이를 두고 출근하는 발걸음이 납덩이 같았지만 사무실에만 들어서면 까맣게 잊어버리곤 했다. 초등학교 5학년 때 아이가 캐나다로 이민 간 친구 집에서 방학을 보낼 때는 마음이 한갓졌다. 중간고사 앞둔 아이와 여행을 떠나 선생님에게 걱정을 듣기도 했다. 아이를 키우면서 헌신하거나 희생했던 기억이 별로 없다. 늘 최대치로 밀어붙이지 않고 즐겁고 사이좋게 지내기 위해 노력했다. 내가 옳다는 게 아니라 이런 모성도 있다는 거다.

인간은 다른 동물과 달리 출생 후 꽤 긴 시간 모성의 보살핌이 필요한 존재다. 먹이고 재우고 씻기고 입히고 외부 공격이나 질병으로부터 지키고 가르치는 일들은 어머니나 그 대리자에 의해 이루어졌다. 경제활동하는 남편, 살림과 육아를 전담하는 아내, 그 아이들로 구성된 가정은 인류의 종족 보존과 확장을 위해 오랜 세월 가장 가성비 높은 단위집단으로 작동했을 것이다. 그러나 세상이 달라졌다. 수만 년 동안 인류를 지배해 온 남녀의 역할 구분이 빠르게 사라지고 있다.

이제 여자들은 모성애보다 강력한 자아실현 욕구를 장착했다. 결혼하지 않거나 아이를 낳지 않을 자유를 갖게 됐다. 꼭 직장이 아니라도 가정을 벗어난 사회생활을 통해 자기 존재를 인정받기를 원한다. 양육환경도 바뀌었다. 어머니의 희생 없이도 아이들은 안전하고 건강하게 성장할 수 있다. 모성애와 자아실현 욕구의 개인차가 존재하며 여전히 그 둘이 갈등하는 상황을 해결하기가 쉽진 않지만, 방향은 바꿀 수 없다. 희생적이고 헌신적인 모성은 점차 사라질 것이다. 그리고 그게 맞다.

우리 엄마는 '호모 저스티스'

후배가 타로를 배웠다고 봐주겠단다. 내 카드를 뽑고 블라블라 아들 카드 뽑고 어쩌고저쩌고, 맞네 맞아 떠들다가 엄마를 생각하고 카드를 뽑았다. 양손에 천칭과 칼을 든 여신이 나왔다. "엄마들은 이런 카드 잘 안 나오는데…." 후배가 애매한 표정을 짓는다. 법을 수호하는 정의의 여신으로 이런 엄마는 자식한테도 공정하고 이성적이며 심하면 냉정하게 느껴질 수도 있다는 풀이다. 대박! 타로 진짜 용하다.

우리 4남매는 어려서부터 엄마한테 칭찬이란 걸 받은 기억이 없다. 나는 내 얼굴이 넓적하고 뒤통수는 편평하고 눈이 작다는 사실을 일찍이 인지했다. 넓적하기보다 길쭉한 것도 같지만, 엄마의 얼굴 평에 시비 걸 생각은 없다. 하지만 팔다리가 길고 피부가 하얗다는 사실은 20년 넘게 살고 나서 친구들의 도움으로 겨우 깨달았다. 어쩌다 남보다 먼저 대학 합격자 명단에 들었을 때도 기뻐하기보다 무덤덤한 분위기였다. 오히려 S대 갈 자신이 있으면 재수시켜주겠다고 보태셨다. 남동생이 셋이나 있어 아버지는 은근히 상업여고에 보내면 어떻겠냐고 하셨을 정도의 가정형편이었다. 재수는 말도 안 되는 이야기. 무엇보다 내가 모 여대라도 갈 수 있었던 건 사지선다 찍기에 강해 예비고사에서 점수를 잘 받았기 때문인데, S대라니! 그 무슨 망발이신지.

엄마는 당사자들에게는 늘 부족함을 엄히 나무라시면서 남들에게는 과장된 자랑을 하시기도 했다. 10여 년 전 여성지 편집장을 하던 시절, 엄마의 전화 통화를 들으며 기함했다. "우리 딸, 조선일보 편집국장이잖아." 친구분과 약간의 자식 자랑 배틀 중에 던지신 멘트 같았다. 왜 그런 거짓말을 하느냐고 화를 냈더니, 그 할마시들이 우먼센스라고 하면 알기나 하겠냐며 오히려 당당해 했다. 내가 조선일보 편집국장을 못 해서 죄송하다고 해야 할 분위기였다.

자식보다 예쁜 게 손주라던데, 우리 엄마는 할머니가 되어서도 초지일관이다. 엘리베이터에서 만난 이웃에게 묻지도 않은 외손주의 대학(소위 스카이)을 알려주시고는, 과(생각하니 비인기학과)를 물어보는 질문에는 모른다고 잡아떼신다. 그 손주가 졸업 후 천신만고 끝에 들어간 회사(나름 대기업)가 마음에 안 들어 주위에는 외국계 회사에 다닌다고 말씀하신다. 삼성전자나 현대자동차에 다녔으면 안 그랬을 거라고 순순히 인정하시는 게 더 얄밉다. 인 서울도 어렵던 손자가 삼수 끝에 명문대에 입학해 가족 모두가 박수를 보낼 때도, "삼수해서 들어간 건데, 그것도 대단한 거냐?" 한 말씀하시며 찬물을 끼얹었다. 장손이라도 예외 없는 일관성. 막내 손녀 이야기를 하다가 "걔가 애교는 많은데 예쁜 얼굴은 아니지?" 하신다. 100% 순수한 질문이다.

회사를 그만두고 가계부를 쓰기 시작하면서 난방비가 많

이 나온다는 걸 알았다. 엄마가 추위를 유난히 많이 타서 난방을 풀가동하니 다른 집 평균의 2배가 넘었다. 슬며시 구조조정에 들어갔다. 엄마가 외출하면 거실과 엄마 방의 난방을 낮췄다가 귀가시간에 맞춰 올리곤 했는데 며칠 만에 현장을 목격당하고 말았다. 엄마는 난방비 낼 돈도 없는데 회사를 그만둔 거냐며 속을 긁더니 며칠 후 백만 원이 든 봉투를 내놓으셨다. 내 방 난방에 손대지 말라는 준엄한 지시가 뒤따랐다. 아, 기분 나빠. 필요 없다고 하다가 불퉁하니 받은 나는 또 뭔지. 작년에는 한꺼번에 냉장고와 에어컨이 말썽을 일으키자 거금 천만 원을 주셨다. '이거면 좋은 걸로 두 개 다 살 수 있냐' 하시는데, 백만 원 때와는 달리 저절로 내 태도가 공손해졌다. 역시 목돈은 힘이 세다.

엄마의 바른 소리와 지적질만큼 마음 따끔거리는 게 없다. 돌이켜 보면 내게 가장 큰 상처를 준 것도 엄마의 호모 저스티스 기질이다. 어렵사리 이혼 결심을 전하는 내게 엄마는 '너도 잘못한 게 있겠지'를 첫 마디로 건네셨다. 인간관계 원 사이드가 어디 있나. 나도 모르는 새 분명 잘못한 게 있겠지. 하지만 그 순간 절실하게 필요한 건 심판자가 아니라 내 편이었다. 세월이 한참 지난 어느 날, 그 기억을 끄집어냈더니 엄마는 생각이 안 난다며 인정하지 않으셨다. 억울한 기분이 들긴 했지만 이런 경우는 마음에 담아두는 쪽이 손해다. 그냥 털어버리는 걸로!

가끔은 자식들한테 무조건 엎어지고 '그래 내 새끼~'하며 안아주는 엄마가 부럽기도 하다. 하지만 내가 나이 들어가니 알겠더라. 모든 걸 자식에게 내어주고 초라해 보이는 엄마보다 뒷담화할 수 있는 엄마가 더 마음 편하다는 것을. '엄한 부모 밑에 효자 난다'는 옛말은 요즘 말로 하면 '엄마가 당당하면 자식들이 눈치 본다'쯤 되려나.

학벌주의 엄마의 시대유감

미세먼지도 없는 다정한 봄날, 엄마와 둘이서 동작동 국립현충원으로 출발했다. 아버지께 꽃도 드리고 현충원의 수양벚꽃도 구경하기 위해서였다. 아버지는 나보다 훨씬 젊은 50대 초반에 돌아가셨다. 지금 생각해도 너무 젊은 나이다. 무심한 딸과 무뚝뚝한 세 아들, 극강의 현실주의자인 엄마로 구성된 우리 가족은 돌아가신 아버지 이야기를 입 밖에 내는 일이 별로 없다. 경찰 공무원 박봉으로 4남매를 키우던 아버지는 가족에게 특별한 추억을 만들어주지 못하고 떠나셨다.

화사한 날씨 때문이었을까, 목적지 때문이었을까? 엄마가 평소와 달리 말랑한 목소리로 아버지 이야기를 꺼내셨다. "나는 오래 살아서 며느리 손주 다 보고 이렇게 날 좋아서 꽃도 보러 다니는데…. 너무 일찍 갔어." 내 마음도 알싸해졌다. 돌아가시던 해에 내가 첫 월급으로 사드린 내복을 겨우내 입고 다니셨다고 할 때는 울컥해서 운전대만 바라봤다. "요즘 같았으면 고칠 수 있었을 텐데…. 하긴 여태까지 살았으면 어떡할 뻔했니? 어느 며느리가 시부모 조석을 받들어. 나랑 둘이 살았을 텐데, 이 나이에 나는 밥 못 해준다." 크크크. 역시 우리 엄마다. 촉촉했던 실내도 금세 열풍건조. "말이야 바른말이지, 니네 아버지 연금 덕분에 내가 며느리들 세뱃돈이라도 주면서 사는 거지. 내 용돈 넉넉히 줄 형편 좋은 자식도 없잖아." 현타 작렬. 고만 하이소, 오마니.

아버지는 8남매 중 유일하게 고등학교를 졸업하셨다. 농사지어 겨우 밥 먹는 대가족의 가난도 이유였지만 교육에 관심 없는 집안 환경 탓이 컸다. 아버지는 샛별 보고 나가 20리를 걸어 기차를 타고 경주로 통학을 했다고 한다. 외갓집은 더 시골이었지만 분위기가 달랐다. 교육열이 높아 딸도 공부를 시켰다. 엄마는 당연히(!) 공부를 잘했는데, 아깝게 명문 경북여중 입시에서 떨어져 가까운 시골 중학교에 다니셨다. "내가 맹추 같았어. 그때 아는 아재가 와서 성적이 아까우니 '와이로' 좀 쓰면 들어갈 수 있게 해주겠다고 했는데 외할아버지가 싫다고 하신 거야. 옆에서 듣고 있는데 보내달라는 말이 입안에서만 맴돌고 나오지를 않더라고. 떼썼으면 갈 수 있었을 텐데. 그럼 너네 아버지랑 결혼도 안 했다." 엄마는 아직도 그 이야기를 할 때면 후회의 낯빛이 된다. 아마 그 순간이 엄마 인생의 갈림길이었을지도 모르겠다. 나도 외할아버지가 원망스럽다. 외삼촌보다 엄마를 공부시켰으면 나라에도 집안에도 더 보탬이 됐을 텐데 말이다. 원하던 학교를 못 다니신 탓인지 엄마의 학벌 사랑은 유난하다. 뉴스에 등장하는 사람들에 대한 평가는 일단 '그 사람 어디 나왔니?'로 시작한다. 누군가를 설명할 때도 집에 돈은 많은데 자식들이 전문대밖에 못 갔다든가, 그 할마시가 볼품은 없어도 손자가 서울대를 나왔다거나 하는 식이다. 물론 학벌이 떨어지면 사법고시 같은 걸로 만회할 수 있다.

엄마와 버스를 타고 Y대 앞을 지날 때였다. 대학 정문 쪽을 바라보며 밝은 표정을 짓더니 처음 듣는 이야기를 털어놓으셨다. “내가 예전에는 여기를 지나갈 때 고개를 돌렸다. 저렇게 애들이 쏟아져 나오는데 내 새끼들은 저기 한 명 못 들어갔구나 싶어서 보기가 싫었어.” 우리 엄마 후덜덜, 정말 찐이다. 부러울 수야 있지만 그렇다고 외면까지 하다니. “자식은 못 갔지만 손자는 갔으니 성공했네.” “그러엄~. 요즘은 열심히 쳐다본다. 애들도 하나같이 훤하게 잘들 생겼어. 그래도 결국 서울대 들어간 자손은 없네.” 엄마의 학벌 집착이 안쓰러워 중학생 조카를 들이댔다. “걔가 공부를 그렇게 잘한다는데 기대해봐.” “말이 되는 소릴 해라. 내가 걔 대학 들어가는 걸 어떻게 보고 죽어?” 그래도 싫지는 않은 내색이다. “지난번에 일등 했다면서? 그럼 대학까지 몇 년 남은 거지?” 아, 빨리 동생한테 전화해야겠다. 딸내미 공부 바짝 시키라고.

멀리하기엔
너무 가까운 당신

3년 전 엄마가 경도인지장애 판정을 받았다. 향후 치매로 발전할 가능성이 매우 크다. 김장 전날 씻어 놓은 갓을 다시 물에 담그는 행동을 연이어 반복하는 걸 보고 가슴이 덜컥 내려앉았다. "엄마! 왜 그래?" 나도 모르게 목소리가 높아졌다. 사리 분별 분명한 독설가 엄마와 치매는 안 어울린다. 구청의 치매 검진센터를 거쳐 연계된 병원에서 뇌 MRI를 찍었더니 기억력을 담당하는 해마의 가장자리가 까맣다. 처방을 통해 속도를 늦추는 약을 받아왔다.

엄마는 유난히 병원과 약을 싫어했다. 다행히 만성질환이 없어서 멀리하고 살아왔는데 처음으로 매일 먹어야 할 약이 생겼다. "치매는 아니고, 그냥 두면 치매가 될 가능성이 크대. 이건 치매 걸리지 말라고 먹는 뇌 영양제 같은 거야." 혹시 본인이 치매라고 생각해서 의기소침해질까 친절한 설명을 덧붙였다. "부처님 믿는 사람은 치매 안 걸린다. 내 나이에 이 정도 기억 나쁜 거야 다반사지. 더 나빠지면 그때 먹을란다." 약 복용 시점은 본인이 알아서 정하겠다는 자기 주도성. "아, 뭐라는 거야. 의사가 먹으라고 하는데. 안 먹으면 진짜 치매 걸린다고!!"

엄마가 치매 고위험군이라는 사실은 복잡한 심경으로 다가왔다. 상태가 나빠질까 걱정도 되고 관찰도 필요해 엄마를 유심히 쳐다보기 시작했다. 우리 엄마는 어떤 사람인가! 나와의 관계에서 벗어나 엄마를 설명할 수 있는 팩트가 눈에 보였다. 그 과정에서 내가 엄마를 너무 모른다는 사실을, 결국 나는 엄마를 닮았다는 걸 발견했다. 그중 하나가 글을 잘 쓴다는 사실이다. 엄마에게 일기를 써보면 어떻겠냐고 노트와 펜을 건넬 때만 해도 기억력에 도움이 될지 모른다는 생각이었다. 동생 집에 다녀온 게 언제인지 자꾸 물어보지 말고 노트에 일과를 적어서 다시 보기 하면 좋겠다고 했다. 예상외로 흔쾌히 노트를 받아든 엄마는 그 자리에서 휘리릭 한바닥을 채웠다. 깜짝이야. 속도만큼 내용도 훌륭했다. '내가 어느새 이렇게 나이를 먹었는지 모르겠다. 내 나이를 생각하면 소스라친다. 한평생 이룬 것도 없는데 시간이 너무 빨리 간다. 앞으로 남은 인생을 어떻게 살아야 할까? 나도 모르겠다. 부처님께 열심히 기도하는 수밖에' 처음 깨달았다. 내가 어려서부터 글 잘 쓴다는 소리를 들을 수 있었던 건 엄마로부터 물려받은 거였다. 어쩐지 우수상은 못 받고 장려상 수준이더라니, 엄마가 부족하게 물려준 탓이었나?

치매 예방에도 좋을 것 같고 무료한 아침 시간도 보낼 겸 엄마를 위해 신문을 구독했다. 경제신문까지 무료로 넣어주는 바람에 매일 아침 두툼한 신문뭉치가 현관 앞에 던져졌다. 엄마는 눈만 뜨면 신문을 집어 드는 일등 구독자다. 아침마다 홍삼엑기스를 마시며 신문에 열중하는 게 주요한 일상. 그런데, 이런! 조용한 사무실에서 커피 한 잔과 함께 신문을 펴드는 내 모습이 오버랩됐다. 직장 시절, 남보다 일찍 출근했던 건 러시아워를 피하려는 이유도 있지만 그 아침 시간이 좋아서였다. 엄마는 매일 아침 '신문값 비싼데 끊어라'를 고정 레퍼토리로 반복하면서 신문을 보고 계신다.

엄마한테 무덤덤한 나의 기질도 알고 보니 집안 내력이다. 엄마는 그 옛날 새댁 시절, 친정엄마 보고 싶어 눈물이 났다는 이웃 동무의 말에 맞장구를 칠 수 없었다고 한다. "나는 친정에서 오라고 할까 봐 겁나더라." 결혼 전 큰이모는 일찍 시집가고 외할머니는 자주 편찮으셔서 집안 살림이 둘째 딸인 엄마 차지였다. 그러다 늦은 결혼을 했는데, 층층시하 대가족 시집살이가 오히려 편했다고 한다. 엄마는 같은 말도 빙 둘러서 좋게 하는 법이 없다. 문제는 딱히 틀린 말이 아니어서 더 상처를 준다는 것. 고백하자면 젊은 시절 내 별명은 찬물과 후춧가루였다. 짐작하는 그 뜻이다.

친구들에게 나이가 들수록 내 안에서 엄마가 나온다고 했더니 자신들도 그렇단다. 주로 마음에 안 드는 모습이라고 했더니 '내 말이 그 말~'이란다. 외모도 점점 닮아가 더 나이 들면 내가 저 얼굴이겠구나 싶다는 친구도 있다. "하긴 우리 성질머리가 어디에서 온 거겠니?" 친구의 한마디에 다들 공감의 웃음으로 답했다. 예전엔 안 보이던 엄마 모습이 객관적으로 보이는 건 확실히 나이가 가져다준 변화다. 젊을 때는 나 혼자로 충분할 것 같더니, 뒤늦게 조상 핑계라도 대고 싶어진 모양이다.

엄마와 닮아서 그런지 반면교사 삼을 교훈도 많다. 나이 들어 의존할 수밖에 없는 상황에서는 고집부리지 않기, 하고 싶은 말도 듣는 사람 입장에서 생각하기, 가족 간에 자신의 생각을 자꾸 이야기하면 상대방에게는 요구로 들린다는 것 기억하기, 선물은 타박 대신 기쁘게 받기, 약이나 병원은 때맞춰 잘 다니기 등등. 늘어놓고 나니 한마디로 나이 들면 자식 말 잘 들으라는 소리다. 내친김에 아들에게 나의 고칠 점을 물어볼까 하다가 거둬들였다. 아직까지는 내가 신세 진 것도 없는데, 내 마음이잖아.

내 밑에 꿇어!
그 엄마와 그 딸

작년 여름, 큰동생이 사는 동네로 이사하면서 엄마와 갈등이 있었다. 그동안은 자존심 강한 엄마 뒤에서 구시렁대는 수준이었다면 이번에는 제법 심각했다. 사달이 일어난 원인은 복합적이지만 나의 지혜부족 탓이 제일 크다. 평소 엄마의 발언을 액면 그대로 받아들인 게 실수였다. 그 동네로 가는 걸 동생 부부가 흔쾌히 괜찮다 했고, 엄마도 결정되면 받아들이시리라 쉬이 생각한 게 착각이었다. 경도인지장애로 인한 선택적 기억이 나를 더욱 지치게 했다.

“도대체 왜 이사하려는 거야? 나 때문에 간다고는 하지 마라. 계약한 거야? 네가 언제 의논했는지 난 기억 안 나. 여태까지 서울 살았는데 이 나이에 의정부 골짜기에 들어가기 싫다. 자존심 상한다. 나는 혼자 방 하나 얻어서 예전에 살던 동네로 가련다. 큰아들 옆에 산다고 좋을 게 뭐 있어? 가끔 보면 되지. 이사 가면 아는 노인도 없고 낯선 데 가기 싫어. 아직 장가도 안 간 애는 왜 내보내? 차액 생기면 애한테 돈 해주려고 이사 가는 거지?”

이사를 원치 않았던 엄마는 합당한 논리와 이치에 닿지 않는 말을 뒤섞어 집요할 정도로 나를 몰아세웠다. 장기 프로젝트로 예상되는 엄마 부양 책임을 동생과 나누고 아들을 독립시키려는 나의 플랜은 시작부터 난관에 부딪혔다. 설명과 설득과 모르쇠를 오가는 도돌이표 상황에 시달리다 보니 내 밑바닥이 자꾸 수면 위로 올라오려고 꿈틀거렸다. ‘정말 너무 하시네. 집 사는 데 한 푼 보태신 것도 없으면서 어찌 저리 당당하게 살고 싶은 동네를 주장하는 거지? 뜨신 밥상 차려드리고 홍삼부터 속옷까지 누가 다 사드리는데 공치사 한번을 못 들었어. 동생들 모두 내가 모시는 걸 너무 당연하게 생각하는 거 아냐? 얘네들은 엄마가 연금에서 생활비라도 얼마씩 내놓는 줄 아나? 엄마가 내 자식 키워주신 건 맞지만 내가 드린 생활비로 살림하셨으니 기브 앤 테이크 계산 끝난 거잖아. 근데 왜 내가 계속 모셔야 하는 거지?' 캄 다운 캄 다운. 정색하고 입 밖에 내면 막장 드라마 각이다. 그때까지 하지 않았던 생각들이었다. 아들이고 딸이고 형편 되는 사람이 모시면 되는 거고 우리집에서는 내가 제일 나은 환경이니 내 몫이라 여겼다. 동생이고 올케고 다 그만하면 고운 심성이라고 인정했다. 엄마의 병원 출입이 거의 없는 것도 감사히 생각했다. 그랬는데, 이사를 계기로 나도 모르던 내가 불쑥 튀어나온 거다. 내 그릇은 요 정도인데 용량 초과의 시험에 드는 날이 이어졌다.

여자 형제가 없는 내게는 이럴 때 친구가 최고다. 친구들에게 하소연을 늘어놓으니 즉석에서 친정엄마 성토대회가 벌어졌다. 친구 한 명은 허리가 아프다, 밥맛이 없다, 수시로 자신을 호출하던 엄마가 오빠의 안부 전화에는 바쁜데 신경 쓰지 말라고 손사래 치는 모습에 서운함이 밀려왔다고 한다. "오빠는 뒀다 뭐에 쓰려고 그러나 몰라. 온갖 수발은 내가 드는데 엄마는 맨날 오빠 걱정이라니까." 능력 있는 딸이라는 이유로 엄마의 생활비를 책임지던 친구는 그 돈의 상당액이 조카에게 가고 있다는 사실을 알고 화가 났다. "늘 한 푼에 벌벌 떨며 아껴 쓰시는 모습에 속상했는데, 둘째 조카 학비며 용돈을 엄마가 거의 대고 있었더라고. 모른 척 말 한마디 안 한 동생 부부가 더 괘씸해." 생일날 백화점 모시고 가 사드린 옷을 비싸서 못 입겠으니 환불하라는 엄마와 말다툼한 친구, 당신 돌아가시면 먼저 세상 뜬 아버지 옆에 절대 묻지 말라고 신신당부하는 엄마 때문에 괴롭다는 친구, 막상 면전에서는 야단도 못 치면서 며느리 험담하는 것도 듣기 지쳤다는 친구 등등등. 그래도 우리 모두는 엄마에게 무슨 일이 생기면 제일 먼저 달려가는 애증의 딸들이었다.

눈치챘겠지만 나는 좋은 딸이 아니다. 엄마에게는 다정다감한 딸이 최고인데 나는 기질적으로 그 계열이 아니다. 어리광을 부리지도 않지만 받아주지도 않는다. 엄마도 마찬가지. 우리 모녀는 다정하게 손을 잡아본 기억이 없다. 내가 엄마에게 손을 내밀 때는 주로 계단을 오르내리는 순간인데, 엄마는 대부분 내 손 대신 난간 손잡이를 선택한다. 그러면 나는 두말없이 내밀었던 손을 거둔다. 음, 이런 표현이 맞는지 모르겠지만 우리 모녀는 서로 주도권 경쟁을 하는 것 같다. 엄마는 내가 딸이니 여전히 거침없는 지적질로 당신 말을 따르라 하는 거고, 나는 엄마가 이제 내 보호 아래 있으니 내 말을 들어야 한다는 피차 그런 태도가 아닌가 싶다. 서로 내 밑에 꿇으라는 건가? 아무리 봐도 우리 모녀는 한국 정서가 아니다. 아메리칸 스타일로 불러주길.

문득 엄마가 나에 대해 글을 쓴다면 뭐라고 할지 궁금해졌다. 가장 두려운 건 불만과 디스 대신 고마움과 미안함을 말씀하시는 거다. 나를 나쁜 딸 만들어놓으면 어쩌지? 아무래도 확인할 기회를 만들지 않는 게 안전할 것 같다.

딴지 사절! 나의 아들 자랑

"엄마, 이거 안 필요해?" 아들이 슬그머니 담배를 내밀었다. 이탈리아 로마 외곽 숙소에서 밤 산책을 나선 참이었다. 10년 동안 매월 5만 원이 넘는 교육보험을 완납하고 8년을 기다린 끝에 만기도래. 어라, 대학 1년 마치고 자퇴해야 하는 액수의 보험금이 손에 쥐어졌다. 에라, 이 돈으로 대학교육은 글렀으니 세 식구 해외여행으로 탕진하자. 엄마와 아들 동반, 3대가 서유럽 패키지여행을 떠났다.

이미 그룹 내에서 최고령인 데다 가리는 음식 많고 차 타는 거 싫어하고 추위 많이 타는 엄마를 건사하는 건 여행의 가장 중요한 미션이었다. 여권 가방보다 햇반과 김, 오이지가 든 음식 가방을 더 소중히 챙기며 다녔다. 높은 가성비를 자랑하는 패키지여행답게 매일 밤 숙소에 늦게 도착해 씻고 자기 바빴다. 개인 시간 제로. 그날은 그나마 숙소에 일찍 도착해 아들과 둘이 잠시 동네 산책할 자유시간이 주어졌다. “여행 가면 담배 피우고 싶어진다고 했잖아. 할머니 모시고 다니느라 피곤하지?” 아, 감동. 저는 안 피우면서 나를 위해 서울에서부터 담배를 챙겨온 것이다. 내가 전생에 독립운동을 했나 보다. 고마움 가득한 마음으로 몇 모금 들이마시니, 어지러워 살짝 휘청거렸다. “뭐야! 엄마 원래 담배 피우는 거 아녔어? 잘 피지도 못하네. 이럴 거면 끊어.” 아, 망신. 그동안 뻐끔 담배 수준의 초급 흡연자였는데 감동해서 너무 깊이 들이마셨나 보다.

나는 아들을 잘 키웠다. 주위에서 그리 말하고 내 생각이 그러하니, 잘 키운 게 분명하다. 비혼인 후배는 나에게 ‘약았다’고 했다. 골치 아픈 결혼생활은 짧게 끝내고 잘난 아들을 챙겼으니 크게 실속을 차렸다는 이야기다. 대범한 척, 시크한 척하는 나도 아들 자랑 앞에서는 푼수 아줌마로 변신한다. 아들 자랑이라면 앉은 자리에서 엉덩이가 배길 때까지 할 수 있다. 혹시 언짢더라도 참아주길. 남편 복, 부모 복, 재복도 없고 심지어 치아도 나쁜데, 자식 복 하나 정도는 있어야 인생사 공평하지 않겠는가.

많은 자랑 중에서도 역시 첫 번째로는 자라면서 속 썩인 적 없다는 걸 꼽을 수 있다. 알아서 학교 잘 다니고 친구 잘 사귀고 공부 잘하는, 게다가 밥도 잘 먹는 자식을 두는 게 얼마나 큰 행운인지, 대한민국 엄마들은 다 안다. 그 엄마가 밥벌이에 휘둘려 시간도 마음도 내기 어려운 가장이라면 말할 나위가 없다. 대학 합격 후 주위의 일하는 엄마들이 희망을 얻었다고 축하해줄 때는 뼛속부터 자랑스러웠다. 명문대 보낸 비결을 책으로 써보라는 헛바람 든 부추김도 받았는데, 아들은 엄마가 해준 게 없으니 책은 자기가 써야 한다고 조용히 한마디 했다.

진짜 자랑은 나를 으쓱하게 해주는 아들의 센스와 자상함이다. 해마다 어버이날이면 크고 아름다운 꽃다발을 회사로 보내 주위의 부러움을 받았다. 생일이면 케이크와 선물을 잊는 법이 없고, 크리스마스면 마음을 담은 카드를 써줬다. 대학에 붙었을 때, 취업했을 때도 내게 선물을 건넸다. 때마다 현금으로 선물을 대신하는 나와는 달리 쇼핑 기술도 뛰어나다. 책은 빌려 읽을 수 있지만 옷은 빌려 입을 수 없다고 강조하며 수시로 해외 직구 사이트를 들락거린다. 맛있는 오일 파스타를 만들고 커피를 잘 내리며 행주를 빨아 너는 걸로 설거지를 마무리한다. 한마디로 요즘 시대와 딱 어울리는 인재상이다.

대외적으로만 쿨한 나와 달리 아들은 군더더기가 없다. 아들을 등교시켜주고 출근하는 코스를 밟던 고3 시절, 등굣길에 진지하게 물었다. "다른 집은 자식이 고3이면 온 식구가 난리인데, 나는 너무 해주는 게 없는 것 같아. 회사 그만두고 입시생 뒷바라지에 나설까?" 아들은 나를 잠깐 쳐다보더니 회사 그만두는 건 엄마 자유니까 알아서 하지만 자기 때문에 그만두지는 말라고 대답했다. "나는 내가 알아서 할게." 그 말이 참 서운했다. 그즈음 회사 다니는 게 너무 힘들어 그만둘 핑계가 필요했는데, 어떻게 알았지? 어쩌면 아들은 엄마의 보살핌이 필요했던 어린 시절엔 독립심을 강조하더니 이제 와 자신에게 집중하는 건 거절이라는 메시지를 보낸 건지도 모르겠다. 지나간 시간을 돌이켜 보니 잘 키웠다기보다 잘 자라주었다는 게 정확한 표현인 것 같다. 아이가 어릴 때는 이혼의 충격으로 나 자신을 추스르기도 버거웠다. 가장 노릇을 하면서는 '익스큐즈'가 안 되는 직장 일이 우선일 수밖에 없었다. 물론 내 나름의 방식으로 최선을 다했고 아이는 그런 엄마를 이해해줬다고 생각하지만, 그걸로 된 걸까? 여태까지 아들에게 매를 들거나 큰소리로 야단 친 적이 없다. 서로 목소리 높여 언쟁을 벌인 기억도 없다. 가능하면 아이의 의견을 귀담아들었고, 아이도 모범생 기질로 화답했다. 아들과의 관계를 부러워하는 사람도 주위에 많았다. 하지만 넘치면 모자람만 못하다고 했던가. 한때는 이런 부모 자식 관계가 괜찮은 건지 고민하기도 했다.

"서로 소리 지르는 일은 다반사야." 만날 때마다 딸 때문에 힘들다고 하소연하던 친구는 소리 소문 없이 딸과 세상 다시없는 베프가 됐다. 성장기에는 피차 상처도 주고 반항도 하면서 부딪쳤지만 결과적으로 그 시간들이 관계의 농도를 진하게 만들어준 것이다. 그에 비해 아들과 나는 제대로 된 감정 충돌 한 번 없이 사이좋게 지내고 있다. 서로를 존중하는 이성적인 부모 자식 관계, 조금은 낯설다. 가만 들여다보면 우리 모자에게는 기본적으로 갈등을 피하려는 심리가 강하게 깔려 있다. 아마도 갈등이 일어나거나 관계가 나빠졌을 때 도와줄 중재자가 없기 때문일 것이다. 가끔 나의 갈등 회피적인 태도가 아이 성장에 걸림돌이 된 게 아닌가 싶을 때도 있다. '알아서 해~' 대신 '이걸 꼭 해야 해!' 강하게 이끌었으면 아들은 지금보다 나은 조건에서 자신의 미래를 그려나가고 있을까?

누군들 정답을 알 리 없지만, 확실한 건 이제 와서 이러쿵저러쿵하는 게 어리석다는 사실이다. 피차 선택권 없이 부모 자식으로 인연을 지었고, 살면서 각자 나름대로 최선을 다했으니 그걸로 충분하다. 게다가 아이가 대외적으로 버젓한 어른으로 자란 덕에 나는 흑자계산서를 손에 쥐게 됐다. 남한테 피해를 안 주되 타인의 관심도 절대 사절인 게 못마땅하지만, 비싼 피티만 받지 말고 동네 공원도 뛰기를 바라지만, 미용실 가는 횟수만큼 서점도 가면 좋겠지만, 가끔은 세상을 향해 안부를 묻는다면 더할 나위 없겠지만 지금 그대로도 고맙고 감사할 뿐이다.

PART 3 인생

후회나 자기 연민 없이, 순하고 둔하게 살기

세신사 아주머니의 팩트 폭격

퇴직 후 나의 경제적 희망 수준은 목욕탕에서 세신사 아주머니에게 맘 편하게 때를 미는 거였다. 직장 다닐 때는 오일마사지까지 받으며 작은 호사를 누리는 게 마감 후 루틴의 하나였다. 5만 원이 아깝지 않았다. 백수가 되면서 여러 가지 구조조정을 단행했는데 세신 서비스는 결정이 쉽지 않았다. 사실 안 써도 되는 돈이고, 육신 멀쩡한데 남의 손에 몸을 맡기는 데 대한 죄책감 같은 것도 있었다. 하지만 누워서 몸만 뒤집으면 구석구석 시원하게 때를 밀어주는 전문가 손길의 유혹도 만만치 않았다. 그만둘 당시 관련 고민을 SNS에 올렸더니 다들 정색하고 진지한 반응을 보였다. 때를 쉽게 잘 미는 노하우부터 마사지 말고 세신만 받아라, 그 정도는 자신을 위해 써도 된다 등등 각종 댓글이 줄줄이 달렸다. 후배는 때가 술술 밀린다는 마술 때수건을 보내주기도 했다. 내 또래 여자들에게 때 밀기는 나름 중요한 문제였던 것. 처음에는 직접 때 밀기에 도전했지만 금세 기진맥진, 나를 위해 이 정도는 쓰자고 결심했다. 그래도 양심은 있어 세신만 받는 2만 원짜리 코스를 선택했다.

그날도 세신판에 누워 정신은 안드로메다로 보내고 있는데, 나이 지긋한 아줌마가 말을 건네왔다. 때를 잘 불려서 밀기가 쉬워. 아, 네…. 피부도 희고 살도 안 찌고 몸이 보기 좋네. 네? 아…. 훅 들어온 낯선 칭찬에 잠시 어리둥절해졌다. 벌거벗고 누워서 일면식도 없는 아주머니께 그런 말을 들으니 어찌나 진실되게 느껴지는지, 입꼬리가 저절로 올라갔다. 그래, 내가 신경을 안 써서 그렇지, 이 정도면 나쁘진 않지. 나이는 몇이야? 육십은 되었수? 네? 아…. 크크크, 저절로 웃음이 터져 나왔다. 뭘 바란 거니?

우연히 중년 여자들이 모여 팀 발표를 해야 하는 자리에 낀 적이 있다. 토론 끝 무렵, 다들 일말의 망설임 없이 나를 쳐다보며 "제일 언니 같은데, 맡아서 발표해주시면 안 돼요?"라고 했을 때는 적이 당황스러웠다. 나만 초면인 자리가 어색하기도 했지만, 대학생 아들 어쩌고 하는 대화를 들으며 나이가 꽤 있어 보이는데 애가 많이 어리다고 생각했던 참이기 때문이다. '뭘 바라니'의 또 다른 상황. 주제 파악의 길은 멀고도 험하다.

뼈 때리는 깨달음을 준 일은 따로 있다. 재작년 가을, 낯선 외국의 한 카페에서 느긋하게 여유를 즐기던 내 눈에 동양 여자 한 명이 포착됐다. 일행과 함께 온 그녀는 일 처리 느린 주방을 향해 연신 못마땅한 눈길을 던지고 있었다. 아름다운 남유럽의 작은 동네에 와서 저렇게 인상 쓰고 싶을까, 쯧쯧. 내 눈길도 곱지 않았다. 그런데 말이다, 순간 그녀에게서 내가 딱 겹쳐 보이는 거다. 짧은 검정 머리카락, 굴곡 없이 평평한 화장기 없는 얼굴, 뿔테안경, 청바지와 운동화, 무엇보다 엄근진 표정. 길 가던 서양사람에게 물어보면 그녀와 나를 절대 구분할 수 없으리라. 왜 바로 그때 그런 생각이 들었는지 모르겠지만, 그 일은 제법 여진을 남겼다.

돌이켜보니 하루에 몇 번씩 거울을 보지만 그저 눈코입 잘 붙어 있나, 얼굴에 뭐 묻은 거 없나 보는 수준이지 내 얼굴을 제대로 본 적이 없었다. 이 나이가 되도록 내가 남에게 어떻게 비치는지 진지하게 생각해본 적이 없다는 사실을 깨달았다. 좀 더 솔직하게 말하면 외모에 신경을 안 써도 중간은 가는 줄 알았다. 하지만 날 잡고 들여다본 거울 속에는 웬 나이 든 여자 하나가 멀뚱하니 나를 쳐다보고 있었다. 시크해 보이는 줄 알았던 무표정은 축 처진 입가와 팔자 주름을 남겼고, 속쌍꺼풀의 얇은 눈두덩은 어느새 지방질 없이 푹 꺼져 있었다. 장거리 자차 출퇴근은 왼쪽 얼굴에 더 짙은 운전자용 맞춤 잡티라는 흔적을 새겼으며, 오른쪽으로만 씹는 습관은 턱을 비대칭으로 만들었다. 자글자글 목주름과 휑한 두피, 누런 치아까지…. 한 치의 오차도 없이 인상 나쁜 환갑의 초로가 거울 속에 있었다. 그 얼굴이 얼마나 어색하고 낯설던지, 오소소 소름이 돋았다.

나라는 존재를 규정하는 수많은 요소 중 외모를 빼놓을 수는 없다. 젊음을 잃어버린 지 이미 오래인데, 무슨 배짱으로 방치하면서 괜찮은 줄 착각하고 살았던 걸까? 밥값, 술값은 잘도 쓰면서 옷이나 화장품 사는 돈은 왜 아까워했을까? 외모 가꾸기를 그토록 등한시한 것은 내 인생에 대한 일종의 직무태만이나 다름없다. 게다가 나이가 들수록 건강과 외모는 비례하기 마련 아닌가. 미국의 철학교수 마사 누스바움은 사람의 몸은 존재의 전부이며 몸을 떠나서는 존재 자체가 불가능하다는 말로 외모의 중요성을 강조했다. 외워야 마땅한 훌륭한 문장이다. 건강하고 아름다운 외모는 젊은이의 전유물이 아니라는 그녀의 통찰을 진작 만났으면 좋았을 것을.

내 장점 중 하나가 빠른 수긍이다. 요즘 나는 의식적으로 입꼬리를 올리려고 노력한다. 뻔한 말이지만 미소가 최고의 성형인 것은 분명하니까. 화장술이 부족하니 눈썹과 아이라인 문신을 했다. 잘 나간다는 조르지오 아르마니 파운데이션도, 나스 립스틱도 샀다. 고기 사러 갔다가 눈에 띄면 덜컥 집어 드는 코스트코 옷 쇼핑에서 벗어나 백화점 나들이도 다녀왔다. 지하철 계단도 부지런히 걷고 서울 둘레길 코스를 따라 스탬프 찍는 기쁨도 누렸다.

스타일 있게 나이 들고 싶다. 이날까지 '편한 게 제일!'로 살다가 뒤늦게 스타일을 찾는 게 좀 멋쩍기도 하지만 앞으로 남은 날이 많다. 젊을 때나 나이 들어서나 몸을 가꾸는 노력은 근본적으로 같은 것이다. 허리를 쭉 펴고 바른 자세로 걷는 할머니, 호기심에 눈이 반짝이고 웃는 표정이 예쁜 할머니, 찢어진 청바지가 어울리는 할머니가 되고 싶다. 세월을 거꾸로 돌리자는 것도 아닌데 안 될 게 무어람. 그러고 보니 자기 얼굴이 어떻게 생겼는지 모르는 건 나뿐만이 아니다. 친구 여럿이 사진을 찍으면 서로 자기만 못 나왔다, 얼굴 크게 나왔다고 시끄럽다. 얘들아! 사진은 거짓말 안 해. 그게 진짜 우리 모습이야.

30년 직장생활 쫑파티는 마추픽추에서

남미로 떠나기로 한 건 다분히 우발적이었다. 30년 직장생활을 무탈하게 끝낸 나 자신에게 주는 선물로 근사한 여행을 계획했다. 남들도 퇴직 기념으로 여행 가고 그러니까. 일정상 2월이 적기. 연말에 그만뒀으니 바로 떠나줘야 의미가 있는 데다가 아들의 방학 찬스가 필요했다. 따뜻한 남반구에서 여행지를 찾았다. 이왕이면 남들이 안 가본 곳, 지금 아니면 갈 수 없는 곳, 갑자기 마추픽추가 떠올랐다. 그래, 남미야! 언젠가 꼭 한번 가보고 싶었지만, 너무 멀고 위험해서 못 갈 거라고 생각했던 곳이잖아. 지금이 바로 그 '언젠가'인 거야.

짐작했던 대로다. 찾아보는 자료마다 남미는 50대 중반의 한국 여자가 감당하기 어려운 곳이라고 이구동성 외쳐대고 있었다. 남미여행 카페에는 현지에서 소매치기 당해 여권과 배낭을 잃어버렸으니 도와달라는 글이 실시간으로 올라왔다. 새똥 테러는 애교, 심야버스 권총 강도 경험담도 있었다. 반대로 더욱 가고 싶게 만드는 내용도 많았다. 기본 석 달의 자유 일정, 혼자 떠나는 용기, 낯선 이들끼리 정보를 나누고 서로 돕는 호의, 자기 자신과 마주하려는 진심 같은 게 거기 있었다. 젊고 자유로운 영혼은 모두 남미에 있는 것 같았다. 그래! 가보자. 흉내라도 내보자! 나에게는 만능 치트키 아들이 있다. 내가 주위에서 '아들과 남미여행이라니 부러워요!' 엄지를 받은 만큼이나 아들은 친구들로부터 '엄마랑 한 달 여행이라니, 돌았냐?'라는 눈물 이모티콘을 받았다. 아무튼! 정보를 취합하고 여행 일정표를 만들면서 차근차근 준비했다. 아르헨티나, 칠레, 볼리비아, 페루 4개국 9개 도시를 3주 동안 여행한 후 미국 LA 1주를 더한 한 달이었다. 브라질 등 남미의 동쪽 지역은 아예 포기했는데도 일정이 빠듯했다. 1주일의 LA여행은 아들의 가이드 비용이었다. 남미여행의 고단함을 문명 세계에서 씻고 돌아오는 나름 치밀한 일정이다. 준비하는 동안 동네 하늘공원을 오르며 체력을 쌓았고 수많은 체크리스트를 하나씩 지워나갔다.

2015년 2월 지구 반대편 아르헨티나 부에노스아이레스를 목적지로 집을 나섰다. 캐리어와 배낭 여기저기 자물쇠를 걸고 돈은 여러 곳에 나누어 넣었다. 기간이 길고 카드 사용이 어려워 액수가 꽤 컸지만, 차마 돈주머니가 달린 팬티나 지갑 겸용 벨트를 착용할 수는 없었다. 고함량 비타민, 고산병약 등 해외 의료봉사 단원만큼의 온갖 상비약까지 넣은 배낭은 잠시만 메도 어깨가 뻐근했다. 이걸 메고 한 달이나 여행한다고? 힐끗 곁눈질한 아들의 얼굴에도 '내가 지금 무슨 짓을 하려는 거지?' 라는 표정이 역력했다. 너무 열심히 다니지 않는다! 몸을 아끼고 돈을 쓴다! 우리의 여행 원칙을 떠올리며 애써 마음만은 가볍게 출바알~.

다른 세상을 보는 건 좋은 일이다. 인간의 그릇이 커지는 것 같다. 남미는 원시의 자연이 살아 숨 쉬는 대륙으로 유명하다. 경이로운 풍경의 기나긴 리스트를 가지고 있는데 그중에서 압

권은 우유니 소금사막이다. 남미여행을 준비하면서 블로그나 카페에서 멋진 사진을 많이 봤는데 눈앞에 펼쳐진 우유니는 모니터에서 보던 것들과는 비교 불가였다. '세상에서 가장 큰 거울'이라는 별칭답게 끝도 시작도 없는 하늘이 하얀 바다에 그대로 내려앉아 있었다. 소금으로 된 백색 지표면에 물이 고여 수면에 하늘이 반사된 것이다. 밤새 심야버스로 비포장 도로를 달려온 수고가 한순간에 사라졌다. 바닥의 물을 찍어서 혓바닥에 대봤다. 짜다. 해가 지면서 나타나는 붉은 노을과 먹빛 밤하늘을 가득 메운 은하수는 또 얼마나 황홀한지. 머리 위에 쏟아지는 별을 보며 밤을 하얗게 밝힐 수도 있을 것 같았다. 눈앞의 풍경을 표현할 수 있는 어떤 단어도 비유도 떠오르지 않았다. 시간과 공간이 멈춰버린 낯선 세상. 아, 내가 시인이었으면 좋겠다. 하지만 시간이 흐르면서 차가운 바람이 속삭였다. 춥고 피곤하지? 이제 그만하고 따뜻한 숙소로 돌아가자. 시는 다음에 쓰는 걸로!

우유니와 함께 가장 기억에 남는 곳은 역시 마추픽추였다. 중학교 시절로 기억한다. <한국일보>의 해외여행 연재물을 스크랩하며 '나도 언젠가~'를 꿈꿨는데 그중 첫손으로 꼽은 곳이

마추픽추였다. 머나먼 미지의 땅 안데스 깊은 밀림에서 발굴됐다는 고대 잉카문명의 유적, 태양의 도시, 공중도시, 잃어버린 도시…. 암호처럼 비밀스러운 단어들과 절벽 위에 우뚝 솟은 멋진 유적지 사진이 나를 사로잡았다. 10대 시절 꿈꾸던 그곳을 진짜 가다니. 무미건조 둔감한 나도 설레었다.

접근성이 나쁜 마추픽추는 페루 쿠스코에서 1박 2일 패키지권을 끊어서 가는 게 편하다. 1인당 23만 원. 여행 전체 일정을 통틀어 가장 큰돈이다. 다행히 모든 게 순조로웠다. 드디어 웅장한 안데스산맥의 깎아지른 절벽 위 공중도시가 구름을 헤치며 발아래 드러났다. 내가 여길 왔구나. 내 눈으로 이걸 보는구나! 경외심과 함께 뭉클한 감정이 밀려왔다. 의외로 마추픽추보다 그곳을 향해 가는 여정이 더 기억에 남았다. 잉카 트레인을 타고 안데스의 품 안으로 들어가는 그 길이 참 따듯하고 행복했다. 험준한 산을 끼고 굽이굽이 도는가 하면 계곡을 따라 우루밤바강의 거친 흙탕물을 만나고, 들꽃 가득한 초원이 펼쳐지다가 호젓한 산속 마을이 나타났다 사라진다. 가는 내내 안데스가 미소 띠며 손짓하는 것 같은 착각에 빠지곤 했다. 엉뚱하게도 감사한 마음과 착하게 살아야겠다는 생각이 들었다.

여행의 진짜 재미는 사람 구경이다. 더구나 남미는 전 세계 배낭여행객의 천국, 다양한 인종이 모인 곳이다. 국경과 도시를 넘나드는 혼잡한 버스 터미널. 소매치기를 조심하라는 안내방송에 잔뜩 긴장하며 바닥에 놓인 배낭에 한쪽 다리를 걸고 백팩은 앞으로 메고 짐에서 손을 떼지 않은 채 분주하게 주위를 경계했다. 하지만 남미나 유럽 애들은 달랐다. 배낭을 방치한 채 모여 앉아 수다를 떨며 기타를 치거나 혼자 책을 읽고 아주 난리가 났다. 더러운 터미널 바닥도 제집 안방으로 여기는 품새다. 몸집 작은 여자 둘이 배낭을 메다가 무게에 못 이겨 뒤로 벌렁 넘어져놓고도 낄낄거렸다. 옷차림도 크게 달랐다. 청바지와 운동화가 기본인 우리가 복장이라면 그들은 패션이다. 신발은 운동화부터 부츠와 샌들, 하이힐과 조리까지 제멋대로다. 탱크톱, 숏팬츠, 미니스커트, 카고 바지, 오리털 패딩 심지어 우아한 롱 스커트도 눈에 띄었다. 얘네들 뭐지?

아무리 전 세계 인간들이 모여있어도 감정 교류는 역시 한국사람과 하기 마련이다. 스쳐 지나간 몇몇 한국인 중 가장 기억에 남는 사람은 우유니에서 만난 40대 남자였다. 혼자 여행 중인 그의 사진을 찍어주면서 말을 텄고, 저녁 한 끼를 함께했다.

남미의 나 홀로 여행자들은 젊고 해외여행 경험이 많으며 영어로 의사소통이 가능한 사람들이 대다수였다. 그 남자는 그렇지 않았다. 남미여행을 위해 회사까지 그만두었다는 그는 해외여행 경험이 없었으며, 외국어도 전혀 못했다. 언어의 핸디캡을 엄청난 자료 조사로 극복하며 3개월 넘게 남미여행 중이라고 했다. 최소한의 경비로 길게 버티다가 돈이 떨어지면 귀국할 거라는 그 남자의 유난히 허름한 행색에 마음이 쓰였다. 밥값이라도 내주고 싶었지만, 그건 그 사람을 무시하는 행동이라는 아들의 지적에 나머지 여정이 무탈하기를 빌어주면서 헤어졌다. 남미의 무엇이 그토록 그를 사로잡은 걸까? 아니면 한국의 어떤 것이 그를 밀어낸 걸까? 그 남자에게 이번 여행이 어떤 의미인지를 함부로 짐작해선 안 되겠지만, 그의 남미와 나의 남미는 결코 같을 수 없을 것이다.

사기 치는 사람, 불친절한 사람, 도둑질하는 사람도 있지만 여행하다 보면 그래도 착하고 좋은 사람들이 더 많다는 걸 알게 된다. 사실 여행이란 자체가 낯선 이에 대한 사람들의 선의를 믿기 때문에 가능한 거 아닐까. 스크랩했던 여행지 중 꼭 가고 싶은 곳이 하나 더 있다. 러시아의 바이칼 호수. 지구상에서 가장 오래되고 큰 호수이자, 가장 오지에 있는 호수라고 한다. 검색해 보니 고맙게도 여전히 최고의 여행지로 남아 있다. 이제 아들 찬스 쓰기도 어렵고 경제적인 여력도 줄어들고 체력도 떨어졌다. 그래도 마음속 리스트에 슬며시 바이칼 호수를 들이밀어본다. 벼르고 벼르다 떠나는 게 아니라 가슴 어딘가에 묻어두었다가 우연한 기회에 딱 떠올리는 거다. 그럼 아마 또 언젠가는 그 자리에 가 있게 될지 모른다. 인생 뭐 있나. 통장 잔고와 추억을 바꾸는 거지. 아, 그전에 코로나바이러스 먼저 물리쳐야 하는구나. 젠장….

여자와 남자, 그리고 그 사이

회사를 그만두기로 작정했더니 일이 더 하기 싫어졌다. 전직이 아니라 퇴직을 결심했기 때문에 심란한 마음이 컸다. 가을 햇살 좋은 오후, 친구가 용하다고 소개해준 역술인 연락처를 찾아내 사무실을 나섰다. 충동적으로 나선 길이라 일행도 없고 특별한 이슈도 없었다. 뭘 물어봐야 하나…. 전직 대기업 출신 명리학자의 사주풀이는 상담 비슷하게 진행됐다. 당신은 인풋이 많은데 밖으로 끄집어내고 표출하는 게 부족하다, 평생 하던 일과 연결해서 할 수 있는 걸 찾아봐라, 주부 대상 글쓰기

강의나 첨삭지도 같은 게 시장성도 있다, 아들은 걱정할 필요 없다, 엄마와는 한 공간에 계속 같이 있지 말고 규칙적으로 떨어져 있는 시간을 만들어라 등등. 어정쩡한 질문만큼이나 대답도 크게 인상적이지는 않았다. 어쨌든 사주 보고 난 후에는 수다 타임이 필요한 법이다. 사무실로 돌아가기 싫어 카페 하는 후배를 찾아갔다. 사주 보고 왔다는 말이 끝나기가 무섭게 후배의 눈이 반짝인다. "선배, 남자는? 남자는 언제 생긴대?" "남자? 아, 남자! 안 물어봤는데…." "아니 그걸 안 물어보고 뭘 물어봤어? 회사 그만두면 앞으로 연애도 하고 그래야 할 거 아냐! 안 물어봐도 그런 건 알아서 말해줘야지. 사주 보는 사람이 기본이 안 돼 있네." 나와 사주쟁이를 엄히 꾸짖는 후배 앞에서 실없는 웃음이 나왔다. 어떻게 남자에 관해 물어볼 생각을 전혀 안 했을까? 나의 뇌 분포도에는 남자나 연애 공간이 아예 없는 모양이다. 연애가 우리 인생을 얼마나 컬러풀하게 만드는지 잘 알고 있는데, 살짝 아쉽다.

이미 몇 년 전 다른 역술인에게 언짢은 진단을 받은 일이 있다. '당신은 여자도 아니고 남자도 아니다. 아무리 세상이 변해도 여자는 따순 밥상 차려주고 남자가 벌어다 주는 돈 받아 쓰는 게 좋은 팔자인데(오해 마시라! 역술인의 발언이다), 당신은 그런 거 못한다. 당신은 그런 거 치사해서 내가 나가서 벌고 말지 할 사람이다' 여자도 아니고 남자도 아니라니. 내가 무슨 암수한몸에 자웅동체라는 거야 뭐야. 직장생활에 지친 시절이었다. 나도 누가 벌어다 주는 돈 좀 받아봤으면 싶던 참이라 더 빈정 상했다. 화장기 없이 대충 챙겨 입은, 그러나 일하는 여자가 분명한 차림을 보고 그러는 건가 싶었다. 순간 같이 간 후배를 가리키며 '이 사람도 일하는 여자지만 당신이랑은 달라. 한눈에도 여자 팔자야'라고 못 박는다. 칫! 어디 가서 물어도 내 사주풀이는 비슷하다. 한마디로 평생 내 밥벌이 나 혼자 해야 한다는 것이다.

어려서부터 나는 독립적으로 자랐다. 살면서 일생 남자에게 기대거나 누군가에게 어리광 부려본 기억이 없다. 초등학교 들어갈 무렵 둘째 동생이 생겨 이웃집 할머니와 입학식에 참석한 이래 한 번도 엄마가 소풍이나 학교 행사에 온 적이 없었다. 아파서 결석해본 일도 없으며, 단체 기합받을 때는 아무렇지도 않은 척 끝까지 견뎌 선생님의 부아를 돋우기도 했다. 대학교 미팅 때도 남자가 집에 데려다준다고 하면 늘 거절하곤 했다. 우리집 가는 길은 내가 제일 잘 아는데 굳이 남자를 대동할 이유를 몰랐기 때문이다. 진학도 취업도 결혼도 이혼도 다 혼자 결정하고 알아서 했다. 출산 전날까지 야근하며 원고를 썼고 다음 날 새벽 예정일보다 이른 진통을 느꼈다. 예전 할머니들이 밭에서 김매다 아이 낳았다는 이야기의 현대판 버전쯤 되는 셈이다. 어쩌자고 그렇게 씩씩했는지.

확대해석은 금물이다. 의식적으로 여자의 독립성과 자기 결정권 실현을 위해 그렇게 산 건 아니다. 내 상황이 그래서 그렇게 살았고, 때론 그런 삶이 피곤했다. 뭐가 먼저인지는 모르겠다. 나를 암수한몸으로 만든 게 타고난 기질인지, 가장으로 살아야 했던 환경 탓인지 말이다. 하긴 중학교 때부터 이성보다 동성들에게 인기가 많았던 걸로 보아 전생에 바람둥이 남자였을지도 모르겠다. 이번 생에는 왕의 눈길을 받지 못한 무수리처럼 일만 했으니 다음 생에는 로코퀸으로 살아보고 싶다.

왜 그래? 누구나 꿈은 꿀 수 있잖아.

나의 리즈시절은 대리기사들과 함께했다

회사 주차장에서 마주친 옆 부서 모 과장이 빙글거리며 말을 건넨다. "국장님, 어제 대리 불렀는데 그 기사가 국장님 안부 묻던데요." "대리기사가 나를 안대?" "국장님 이름은 모르고, 서울문화사에 대리 자주 부르는 여자분 있는데 나이 좀 있고 직급 높은 사람이라고. 집이 상암동이라면서 그분 회사 그만뒀냐고 물어보더라고요. 요즘 대리 너무 안 부르신 거 아니에요? 흐흐흐." 나는 한때 자칭타칭 대리기사 업계의 VIP였다. 음주는 거부하지 않지만 음주운전은 절대 하지 않는다는 기특한 소신 덕분이었다. 그때나 지금이나 귀찮은 일은 돈으로 해결하자는 게 내 신조다. 대리비 모으면 운전기사 월급도 줄 수 있겠다는 주위의 야유에도 굴하지 않고 나의 통화 목록에는 대리운전기사의 번호가 수시로 뜨곤 했다.

예전에는 대리기사를 부르는 게 그렇게 간단한 일이 아니었다. 달랑 1688로 시작하는 전화번호 하나로 공급자와 수요자를 연결하는 당시 대리운전 업계는 주먹구구식 운영의 본보기였다. 제대로 된 조견표도 매뉴얼도 없었으며, 손님만큼이나 대리기사들도 다종다양했다. 원하는 시간과 장소에 베테랑 기사가 나이스 타이밍으로 나타나는 건 재수 좋은 날에나 가능했다. 금요일이나 눈비가 오는, 소위 술 당기는 날은 대리기사들도 대목이다. 접수원은 계속 기다리라고만 하고 대리기사의 전화는 오지 않기 일쑤다. 파장 분위기 술판에서 오매불망 대리기사를 기다리면 짜증이 난다. 이럴 때 통하는 마법은 팁이다. 금요일 12시라 3만 원은 주셔야 한다는 상담원에게 만 원 더 주겠다고 하면 없던 기사도 갑자기 나타날 확률이 높다. 5천 원 더 준다고 할까? 그냥 배정될 수도 있으니 일단 기다려볼까? 인생은 이런 소소하고 시시한 결정의 연속으로 이뤄져 있는 법이다. 은근 소심한 내게는 이런 일조차 피곤하다. 배정된 기사에게 전화가 오면 또 다른 국면이 시작된다. 대리기사도 꽐라가 된 손님을 상대하면서 온갖 일을 겪겠지만, 손님 입장에서도 별의별 경우를 당하게 된다. 초보 대리기사를 만나 인간 내비게이션 노릇을 하기도 했고(음주 후 귀가 차량, 얼마나 졸음이 쏟아지는지 지성인이라면 다 알고 있을 것이다), 텅 빈 동부간선도로를 정속 주행하는 기사도 만났다(알고 보니 그 기사를 다음 목적지로 데려가기 위해 아내가 승합차로 뒤따라오고 있었다). 기다리다 지쳐 다른 회사 대리기사를 불러 귀가, 막 잠이 든 새벽에 "손님 어디세요? 대리기사인데요…." 라는 전화도 받아봤다(부른 지 3시간은 지난 시점).

유럽여행 중 한국에서 나를 찾는 이는 회사도 친구도 아닌 대리운전 업계였다. 시차로 인해 오전 시간에 주르륵 뜨는 대리운전 광고 문자를 보고 혼자 킬킬거렸다. 폭우 속 집과는 전혀 다른 경기도 외곽에 도착한 선배, 길치 대리기사를 데리러 큰길까지 음주운전하다가 단속에 걸린 후배(세상 억울한 일이나 누구를 원망하리), 첫차 운행 때까지 집 앞 포장마차에서 대리기사와 한 잔 더 마신 동료 등 대리운전과 관련한 지인들의 이야기까지 모으면 책 한 권은 쓸 수 있다.

그렇다고 나를 대단한 술꾼으로 생각한다면, 오해다. 새벽 퇴근이 잦아 자차 지참이 필수인 환경 탓이 크다. 일주일에 한 번 마셔도 일 년이면 52번. 20년 가까이 오너드라이버로 회사에 다녔으니, 대리기사를 많이 부른 게 당연했다. 내가 '5보 이상 승차'를 시전하며 대중교통을 거부하고 자가용과 한 몸으로 생활한 것은 지나치게 쫓기며 살아왔다는 반증이기도 하다. 사람 많은 지하철이나 버스 정류장까지 걸어가서 기다리고 때로는 갈아타면서 목적지를 찾아가는 일에 사용할 에너지가 부족했다. 주차장에서 키만 꽂으면 되는 작은 승용차 안은 휴식 공간이기도 했다. 유일하게 허락된 혼자만의 공간과 시간. 그 안에서 <손석희의 시선집중>을 듣고 김밥을 먹으며 마감을 걱정하고 상사를 욕했다.

퇴직 후 가장 먼저 차와 결별했다. 우리나라 대중교통이 얼마나 잘 되어 있는지 실감하며 지하철역 계단 걷기로 운동을 대신하고 있다. 대중교통을 이용하며 걸어 다니니 세상 풍경도 눈에 들어왔다. 일석이조, 아니 일석삼조다. 오랜만에 휴대폰에

뜬 대리운전 광고 문자 하나가 추억을 소환한 어느 금요일 저녁. 치열했던 그 시절을 조금 그리워하며, 대리기사님들께 안부를 전한다. 모두 잘 지내시죠?

둔감함, 그때는 맞고 지금은 아니다

내 인생 최고의 경쟁력은 둔감함이다. 2000년대 후반인가? 일본 작가 와타나베 준이치의 '둔감력(鈍感力)'이란 개념이 화제가 되었는데, 나는 그 훨씬 전부터 둔한 게 사는 데 편하다는 걸 스스로 깨달았다. 둔감하기 위해 의도적인 노력을 한 건 아니다. 그냥 무디고 눈치 없는 성향을 지닌 채 태어났다. 부모님, 땡큐!

둔감하면 여러모로 편리하다. 우선 기분이 나빠져서 소화가 안 되는 일을 막을 수 있다. 싫어하는 음식이 없어서 메뉴 선택의 폭이 넓으며, 잠자리를 바꿔도 숙면이 가능하다. 사춘기의 질풍노도 기억도 없고 갱년기는 안면홍조와 기분 나쁜 열감을 제외하면 그럭저럭 잘 넘어간 것 같다. 화가 잘 안 나며 눈물도 많지 않다. 속 답답할 때 역술인을 찾아가기도 하지만 돌아서면 48시간 이내에 들었던 이야기를 잊어버리기 일쑤였다. 꼭 갖고 싶은 것도 별로 없으며 유행에도 관심이 없으니 살면서 많은 게 필요하지 않다. 한마디로 인생 피스풀~.

둔감하면 대범해진다. 오래전 2천만 원이라는 거금을 주식투자로 날렸을 때는 맘대로 사고판 증권거래인의 멱살을 잡는 대신 알아서 하라고 맡긴 나 자신을 책망했다. 중간에 소개해준 절친과 멀어지면 더 큰 손해라는 생각도 들었다. 다시는 남에게 주식투자를 맡기면 안 된다는 교훈을 얻는 걸로 상황 종료. 갑자기 원치 않는 부서 이동을 당했을 때는 고작 하루 결근 후 성실하게 출근을 재개했다. 그만둘 게 아니라면 징징거려봤자 모양만 빠지기 때문이다. 다행히 옮긴 부서에서 더 좋은 성과를 인정받았는데, 이게 다 자신의 덕이라고 말하는 대표 면전에서 콧방귀는 뀌어줬다.

소원·소망·욕망의 리스트가 없는 것도 둔감해서인 것 같다. 지금 내가 원하는 게 뭔지, 필요한 게 뭔지 잘 모른다. 소원이 없으니 절실함이 없고 그래서인지 내 인생에는 기도가 없다. 탁 트인 한강 변에서 잘생긴 보름달을 영접했을 때도 기껏 생각해낸 문장이 '한가위만 같아라'였다. 가끔 사찰에 가서 불전함에 돈을 넣고 합장할 때도 '우리 식구 건강하게 해주세요'가 고정 레퍼토리다. 상투적인 기도다. 이탈리아 아시시의 성 프란치스코 성당을 방문했을 때는 세계 평화와 가난하고 아픈 이들의 치유를 비는 기도문을 적었다. 오해는 마시라. 평소 그런 데 관심이 있어서가 아니다. 전 세계인의 간절한 기도가 모인 신성한 그곳에서 고작 우리 가족의 안녕을 비는 게 민망해서였다. 긍정적인 열정 만수르 후배는 언제나 숨도 안 쉬고 3가지 소망을 빌 수 있다고 하던데…. 그 에너지가 조금 부러웠다.

둔감해서 가장 편한 건 역시 인간관계다. 언짢은 일이 있었던 사람과 만나도 반갑게 먼저 인사할 수 있다(기억력이 나쁜 건지도). 누구나 만나기 싫은 사람 몇 명은 있다던데 전남편을 제외하면 특별히 떠오르는 리스트가 없다(역시 기억력이 문제인가). 내 주위에는 '저 사람 너무 좋아' 또는 '진짜 싫어!' 하며 사람에 대한 호불호가 심한 지인이 몇 명 있다. 그런 타입은 좋아하는 사람에게 열과 성을 다하다가 저 혼자 서운해져서 멀어질 위험성이 있다. 누군가를 싫어하면 끝까지 싫어할 가능성도 높다. 나도 괜히 마음 가는 사람과 싫은 사람이 있지만 내 눈에는 대다수 비슷한 범주 안에 있던데, 어떻게 그런 확신을 가질 수 있는지 신기하다. 짐작하듯이 나는 사람들과 두루 잘 지낸다. 나를 좋아하는 사람도 많고(응? 아냐?) 나도 사람 만나는 걸 좋아한다. 하지만 의외로 먼저 나서서 관계를 다지지는 않는다. 생일이나 안부를 챙기는 일도 드물고 관계의 히스토리도 기억하지 못해 상대방을 섭섭하게 만들기도 한다. 친한 후배는 나를 나쁜 남자 스타일이라고도 했다.

성인지감수성처럼 관계인지감수성이란 게 있다면 나는 상당히 하위 레벨일 게 분명하다. 대학 시절 친하게 지내던 서클 선배가 이성으로 나를 좋아한다는 사실을 알고 화들짝 놀라 멀어진 적이 있다. 주위에서는 어떻게 그걸 모를 수 있냐며, 그 정도로 눈치가 없는 건 욕을 먹어 마땅하다고 나를 비난했다. 사내 연애도 내가 알면 온 회사가 다 아는 거였다. 회사 소문은 뒷북이기 일쑤였다. 부서 내 선후배 간 갈등을 파악하지 못하고 해맑은 헛소리로 팀원들 복장을 터지게도 했다. 20년은 지난 일이다. 부서원 한 명이 산부인과 질환으로 수술을 받아야 했다. 수술을 앞두고 근심이 큰 그녀에게 자궁근종 떼어내는 거 큰일 아니니 너무 걱정하지 말라고 위로를 건넸다. 아뿔싸! 나중에 들으니 그 말이 섭섭해서 울었다고 한다. 얼마나 서운하고 화가 났던지 울다 못해 병가에 남은 연월차를 다 이어서 쓰고 사표를 내버렸다. 아마 이전부터 쌓인 게 있었겠지만, 그렇다고 사표를 낼 정도로 서운한 소리인가 당황했었다.

타인에 대한 나의 둔감함이 상대방에게 상처를 줬을지도 모른다는 생각이 든 건 세월이 한참 지난 후였다. 당사자에게는 심각한 문제인데, 나한테 가볍다고 대수롭지 않게 대한 것이다. 나에게 자궁근종이 있다고 타인의 근종을 낮잡아봤다. 내가 씩씩한 임산부였다고 예민한 임산부 후배에게 임신은 병이 아니라며 눈치를 주고 말았다. 일이 많아 힘들어하는 기자에게 네가 일을 잘한다는 증거라는 말을 위로랍시고 던졌다. 아마도 관계 지향성 높은 여자 후배들을 특히 힘들게 했을 것이다.

둔감함이란 경쟁력에는 나이 제한이 필요하다. 대다수가 예민하고 불안한 젊은 시절에는 둔감함의 미덕이 돋보인다. 둔감한 사람은 쉽게 흔들리지 않으며 당당해 보인다. 하지만 무작정 둔감한 채 나이를 먹으면 세상에 뒤떨어진 고집쟁이로 남을 위험이 크다. 나 스스로에게는 여전히 둔감해도 좋지만 타인에게는 섬세한 사람으로 변하고 싶다. 주위 사람의 안부를 먼저 챙기는 다정한 어른, 젊은이의 눈치를 살피는 할머니, 상상만 해도 흐뭇하지 않은가.

나의 전업주부 친구와 취업주부 친구들

색깔 고운 자색양파가 여러 개 생겼다. 뭘 해 먹을지 몰라 친구들 단톡방에 물었다. '양파를 곱게 채 썰고 올리브오일에 다진 마늘, 레몬즙, 꿀을 섞은 소스를 뿌려 먹어봐. 삶은 달걀, 게맛살 같은 걸 곁들여야 맛있어' 즉문즉답 수준으로 댓톡이 올라왔다. 친구 레시피대로 했더니 딱 내 취향 샐러드 탄생. 맛있다. 김장할 때 청각과 연근을 갈아 넣으면 아삭한 식감이 오래 가고 맛이 좋아진다는 꿀팁도 전수받았다. 내친김에 멸치육수와 찹쌀풀까지 추가, 빨리 시어지면 책임지라며 떨떠름해하던 엄마에게 맛을 인정받는 쾌거를 달성했다. 친구가 가르쳐준 대로 정수리를 반 갈라 헤어롤을 양쪽으로 말았다가 한쪽으로 풀어 넘겼다. 확실히 효과가 있다. 제법 풍성한 볼륨이 생겨 훤히 보이던 머리 속이 덜 보였다. 동대문시장의 신발 단체 구매에 동참해 유행하는 신발을 싸게 샀으며, 갱년기 증상에 관한 유용한 건강 정보도 얻었다. 퇴직금을 어떻게 할까 고민하는 나를 위해 은행 담당자를 소개해준 사람도 전업주부 친구였다. 내 주위의 전업주부 친구들은 대부분 알짜 살림꾼들이다. 집에 가보면 필요한 게 제 자리에 딱딱 놓여 있다. 식탁도 풍성하고 살림에 윤기가 흐른다. 아이 교육에 노력한 결과인지 대체로 자식들 학벌도 좋은 편이다. 대화의 내용은 무궁무진한데, 사적인 내용과 실용적인 정보가 주를 이룬다. 정치 이야기는 거의 하지 않아 오래 만난 친구도 서로 성향을 짐작만 할 뿐이다. 경제적으로 여유 있는 친구들은 아무래도 보수적인 경향이 큰 것 같다. 뭐랄까, 삶이 늘 단단하게 현실에 뿌리내려 있는 느낌이다.

오랫동안 직장생활을 함께하며 친해진 선후배나 또래 친구들은 성향이 다르다. 예전 동료나 업계 근황도 대화의 단골 소재지만 만나면 나라 걱정에 바쁘다. 시사에 밝고 실리보다 명

분을 중요시한다. 독서 모임을 만들고 새로운 일을 도모하며 함께 여행을 다니기도 한다. 대개 재테크에는 별 재능이 없으며, 자식들의 스펙트럼은 다양하다. 결혼 상태가 아닌 친구도 많으며, 주부로서 아이덴티티를 갖지 못해 퇴직 후 어떻게 살아야 할지 고민이 크다. 한마디로 인생이 심플하지 못하다.

젊은 시절엔 직장생활에 자부심이 있었다. 사무실에 내 자리가 있고 내 이름으로 불리는 자기 정체성이 좋았다. 솔직히 전업주부에게 은근한 비교우위의 마음도 없지 않았다. 하지만 나이가 들면서 생각이 달라졌다. 가족이 더 편안한 사회생활을 할 수 있도록 뒷받침하는 일은 결코 덜 중요한 게 아니었다. 전업주부인 친구들은 다음 세대인 자식들이 유능하게 자라도록 지원하고, 친정이며 시집의 각종 대소사에 힘을 보태면서 집안의 중심 노릇을 하고 있었다. 주위에 나눔의 손길을 내밀기도 했다. 오랜 기간 간병에 지친 친구에게 반찬을 싸 가고, 치매센터에서 봉사활동도 한다. 한 친구는 유학 간 아들에게 간식 상자를 만들어 보내면서 고3이었던 내 아들에게까지 쇼핑백을 들고 왔다. 소소해 보이는 그 모든 것들이 결국 우리 사회를 건강하게 지탱하는 기반이 아닐까. 그 친구들은 자신의 이름으로 된 명함을 갖지는 못했지만, 가족과 이웃을 통해 자신의 존재를 증명하고 있었던 셈이다. 주부라는 역할을 자아실현 욕구와 큰 충돌 없이 받아들일 수 있었던 것은 아마도 시대적 영향이 컸으리라 짐작한다.

사실 이제 와서는 전업이니 취업이니 하는 구분이 별 의미가 없다. 적지 않은 세월 빡세게 직장생활을 했던 친구들도 대다수 일을 놓고 가정으로 돌아왔다. 나 역시 예외는 아니다. 50대 후반에 시작한 주부 노릇에 점점 익숙해지고 있는 중이다. 이왕 이렇게 된 마당에 가정에서 내공을 쌓았던 전업주부 친구들과 가까이 지내며 국면 전환에 도움을 받아야겠다. 하지만 그렇다고 이쪽만 가까이하자니 뭔가 허전하다. 나라 걱정은 누구랑 하나? 책 읽고 아는 척은 또 누구와 하지? 애매할 땐 역시 양다리가 최고다.

김밥 안 싸보고 죽어도 괜찮을까?

환갑이 콧잔등에 내려앉았는데, 나는 아직도 부엌과 친하지 않다. 쉽게 말해 요리를 못한다. 해본 적도 별로 없다. 칼질하면 통통통통 대신 토옹토옹토옹, 가지런한 정렬을 위한 짧은 정적 후 다시 토옹토옹토옹 소리가 난다. 냄비 뚜껑을 몇 번이나 여닫으며 간 보다가 결국은 짜게 만든다. 보글보글 된장찌개를 희망하지만 완성품은 국과 찌개의 중간이기 일쑤다. 신혼 때 남편에게 국이면 밥 옆에 놓고 찌개면 식탁 가운데에 놓아 달라는 말을 들었다는 친구는 이제 요리사 반열에 올랐는데, 나는 아직도 딱 그 수준이다. 이유는 백만 가지. 직장생활에 치여 주방에 들어갈 시간이 절대적으로 부족했다. 친정엄마가 살림을 전담하니 들어갈 필요도 없었다. 신경 쓰이는 남편도 없고, 하나 있는 아들에게 엄마는 주부가 아니라고 잘 세뇌해 놓았다. 무엇보다 게으른 데다 요리에 소질이 없다. 일할 때 해마다 궁중 김치부터 팔도의 향토 김치까지 김장 별책부록을 만들고, 철마다 새로운 요리 페이지를 기획했지만 글로 배운 요리는 다 부질없다.

음식을 맛있게 만들어서 잘 먹고 먹이는 건 의미 있는 일이다. 어울리는 그릇에 예쁘게 담아 풍족한 밥상을 차리는 건 일상을 소중하게 가꾸는 최고의 방법이다. 인생에서 먹는 것만큼 반복되고 지겹지만 중요한 일이 어디 있겠는가. 배고프면 짜증 나고, 맛있는 걸 먹으면 기분 좋고, 안 먹으면 죽는 게 사람이다. 나는 유독 배고픈 걸 못 참아서 직장에서 채신을 잃는 일이 잦았다. 마감 막바지 월례행사로 기자들을 한바탕 깨고 나면 이상하게 저녁 식사 시간이 되곤 했다. 사무실 분위기는 싸한데, 배가 고파 일이 손에 안 잡혔다. 배부르면 머리 회전 느려져서 일부러 굶는 사람도 있다던데 내 머리는 배고프면 멈춰버린다. “애들아, 배 안 고프니? 밥 먹고 하자.” 결국 속없는 상사가 되기 일쑤였다.

회사를 그만두고 나니 상황이 달라졌다. 엄마는 가사노동 중단을 선언했고 나도 시간이 생겼다. 그래, 인생 총량의 법칙이 있다는데 뒤늦게 요리해야 할 때가 왔나 보다. 관심 가지고 봤더니 부엌살림이 엉망이다. 사은품으로 받은 접시, 모양 제각각인 양념통, 시꺼먼 프라이팬. 냉동실 까만 비닐봉지 속에는 탄생일과 출신지를 알 수 없는 각종 식재료들이 몸을 숨기고 있다. 막상 내가 주방에 들어가니 엄마가 은근히 견제구를 날렸다. 직장 시절, 내 후임 팀장이 된 후배가 이전 시스템을 개선하겠노라고 공언하는 모습을 지켜보던 게 생각났다. 우리 엄마도 그때의 나와 비슷한 심정일까?

엄마의 핀잔을 들어가며 냉장고 정리하고 그릇도 몇 개 사고 장도 보면서 요리에 도전했다. 나의 첫 번째 아이템은 리코타 치즈. 콩나물무침이나 멸치볶음으로 시작하기는 싫었다. 역시 술안주 아니겠는가. 이게 보기에도 근사하면서 만들기도 쉽다. 필요한 건 흰 우유와 레몬. 끓기 시작한 우유에 레몬즙 짜 넣고 잘 저어 몽글몽글해졌을 때 면보에 꼭 짜면 된다. 담백하고 고소한 맛, 쫀득한 텍스처, 대성공이었다. 페이스북에 올렸더니 다들 칭찬 한마디씩 거든다. 어깨 으쓱. 요리 별거 아니잖아. 하지만 현타는 곧 오기 마련이다. 두 번째 만들었더니 덩어리가 아니라 부스러기 치즈가 되고 말았다. 문제는 첫 번째 성공 요인을 모르겠다는 것. 그다음 또다시 실패 후 정신건강을 위해 그냥 사 먹는 걸로 결론냈다. 대형마트에 가니 값도 쌌다. 두 번째 도전은 과카몰리였다. 잘 익은 아보카도 으깨고 토마토와 양파 다져서 레몬즙을 섞으면 끝이다. 이건 진짜 쉽다. 일단 불을 안 쓰니 실패할 위험이 없다. 그 후 감자샐러드와 치즈스크램블드에그 등등 유사 음식을 몇 개 거쳐 이제 기본 밥상은 차릴 수 있게 됐다. 몇 가지 메뉴로 돌려막기 수준이지만 엄마가 담근 된장과 맛있는 김장김치, 참치액젓의 힘이 크다.

문제는 생산성이 너무 낮다는 데 있다. 전체 그림이 안 그려지니 칼과 도마는 몇 번이나 꺼냈다 다시 넣고, 젖은 손으로 냉장고 문을 얼마나 자주 여는지 모른다. 가스레인지 두 구멍을 이용한 동시 조리는 아직도 어려운 도전이다. 이래저래 남보다 딱 2배의 시간과 노력이 필요하다. 밥상을 차리면서 나도 모르게 중얼거린다. 한국 음식 옳지 않아 옳지 않아. 손질도 번거롭고 음식 쓰레기는 많이 나오며 조리법도 양념도 너무 다양하다. 오븐이 아니니 가스레인지 위에서 냄비는 수시로 끓어 넘친다.

서툰 목수가 연장 나무라듯 구시렁대는 나와 달리 주위에는 요리 잘하는 친구가 많다. 1박 2일 여행에 대보름이라고 오곡밥과 갖은 나물을 싸오는 친구, 전복장과 호박죽을 들고 병문안 오는 친구도 있다. 리스펙트. 저절로 감탄이 나온다. 30년 넘게 살림을 주도했던 힘이다. 나는 30년 넘게 책을 만들었는데 뭐가 남았을까? 굳이 찾아보니, 나도 모르게 길거리 전단이나 노래방 가사를 교정 보는 습관이 있다.

요리를 잘하는 건 참 쓸모 있고 귀한 일이다. 재작년인가, 지하철에서 남극세종기지 월동연구대 모집 광고를 보았다. 저런 곳에서 살면 어떤 기분일까? 무심코 쳐다보다가 기지 운영 분야 중 설비, 발전 끝자락에 '조리'라는 단어에 눈길이 꽂혔다. 그렇군! 연구기지의 기계실만큼 중요한 게 주방이겠구나! 그렇다고 요리 못하는 게 비난받을 일은 아니다. 모든 엄마가 요리를 잘해야 하는 건 더더욱 아니다. 엄마라서 요리를 잘하는 게 아니라 많이 해봐서 잘하는 거니까. 내가 요리를 못하니 아들에게도 그럴듯한 밥상을 차려준 기억이 없다. 하루는 텔레비전에서 엄마의 손맛을 주제로 한 감성 유발 프로그램을 같이 보는데 살짝 찔리는 기분이 들었다. 나중에 생각나는 엄마 손맛이 없어서 유감이겠다는 내 말에, 엄마가 사준 맛은 다 잘 기억하고 있다는 대답이 돌아왔다. 우문현답. 젊은 남자치고 꽤 미식에 속하는 아들의 입맛은 잦은 외식 덕분인 것이다.

조금 부끄러운 고백인데, 아직 김밥을 싸본 적이 없다. 김밥을 좋아해서 많이 먹어 치우기는 했다. 여러 가지 맛도 색도 조화를 이루고, 먹기 편해서 귀차니스트인 내게 딱 맞는 음식이다. 이제 와서 괜히 나서면 웃음거리가 될 것도 같고, 앞으로도 딱히 김밥 싸야 할 일이 생길 것 같지는 않다. 그나저나 내 인생은 김밥 한번 안 말아보고 끝나도 되는 걸까? 그것도 나쁘진 않겠지. 세상에는 맛있는 김밥집이 아주 많다.

50세 강제 이혼 법률에 찬성하시는 분!

이 나이까지 살다 보면 누구나 자신만의 명언이나 그럴듯한 주장 한두 개쯤은 가지고 있기 마련이다. 나도 제법 솔깃한 문장을 가지고 있는바, 이를 공유하고자 한다. 아, 혹시라도 나의 명언 운운하는 이야기를 정색하며 받아들이는 일은 없으리라 믿는다. 나이가 드니 노파심이 커진다.

나의 가장 강력한 주장은 '50세 이혼'을 법으로 제정해야 한다는 것이다. 극단적이지만 나름 논리적인 주장이다. 한 사람과 평생 산다는 게 피차 인내의 시간임을 부정하기는 어려울 것이다. 세월이 길어지면 남녀로서의 애정이나 잘 보이고 싶은 긴장감, 두근거림 등은 사라지고 서로 각방을 쓰는 가족으로 관계가 변한다. 그렇다고 딱히 상대방이 부정을 저지르거나 험한 짓을 한 것도 아닌데, 성격 차 운운하며 이혼하기는 쉽지 않다. 많이 변하기는 했지만 우리나라에서 이혼 후유증도 만만치 않다. 국민의 의무 중 50세 이혼을 추가하면 된다. 아마도 사춘기를 지나 법적으로 성년이 된 대다수 자식은 부모의 결혼생활에 별 관심이 없을 터이다. 박정한 딸이라면 엄마의 지속적인 불만 토로에 차라리 아빠랑 이혼하라는 조언도 할 수 있는 시기다. 법에 따라 이혼하면 모든 게 자연스럽다. 50대의 일상에는 활력이 넘치고, 결혼을 한 번 더 한다면 소비가 살아나 국가 경제에도 도움이 된다. 자식들은 두 번째 결혼으로 바쁜 부모로부터 자유를 얻게 될 확률이 높다. 졸혼이라는 편법도 사라지게 된다. 진정한 가족이라면 다른 사람과 행복하게 사는 모습도 응원해줘야 하는 거 아니겠는가. 그래도 같이 살고 싶은 희귀 부부가 있으면 어떡하냐고? 세금을 많이 물리면 된다. 결(혼)유(지)세 같은 거. 결혼을 마흔 살에 하면 어떡하냐고? 그런 사람들은 결혼생활 20년 유지 후 이혼하는 방법도 고려해볼

만하다. 마음만 먹으면 방법은 얼마든지 있다.

'60세 투표권 박탈'도 함께 제정해야 한다. 사람은 자기 생각이 틀렸다는 걸 인정하느니 알면서도 잘못된 결정을 반복하는 존재다. 늘 헤어진 상대방과 비슷한 타입에 끌리는 연애를 돌이켜보라. 내가 좋아하거나 싫어하는 유명인에 대해 선택적으로 정보를 받아들이는 태도를 생각해보라. 편협함과 완고함은 판단을 흐린다. 그런데도 나이가 들면 아픈 무릎을 끌고 젊은이보다 먼저 투표장에 나갈 확률이 높다. 투표권 박탈은 공동체의 미래가 잘못되는 걸 예방하기 위한 불가피한 조치다. 물론 피선거권도 박탈이다. 새로운 세상은 젊은 사람들이 의사결정권자이고 집행자인 게 맞다. 투표를 하고야 말겠다는 60대 이상은 어떡하냐고? 금액의 많고 적음에 상관없이 전 재산을 사회에 환원하는 60대 이상에게만 투표권을 주면 된다. 굳은 의지를 지닌 사람을 가려내는 좋은 방법이다.

70세가 되면 누구나 삶의 엔딩을 맞는 시스템도 검토해볼만하다. 사람이 언제 죽을지 아는 게 나쁜 것만은 아니다. 남은 시간을 알면 운명에 휘둘리지 않고 주도적으로 살 수 있다. 사람을 질곡에 빠뜨리는 돈 문제도 해결이 쉬워진다. 가진 돈을 다 쓰며 누리다가 가도 좋고, 원하는 액수를 적당한 시점에 남겨줄 수도 있다. 주위 사람들에게 상처 주는 말을 뱉고 눈 감으며 후회하는 일도 없을 것이다. 하고 싶은 일을 미룰 염려도 없다. 내가 좋아하는 일본 작가 사노 요코는 암으로 시한부 판정을 받자 비싼 외제차를 뽑았다. 그녀 나이 68세, 언제 죽을지 알고 나니 인생이 갑자기 알차게 변하더란다. 일반인이 그런 멘탈을 지니기는 어렵다. 하지만 누구나 예외 없이 칠십에 죽는다면 받아들일 만하지 않나. 정정하게 독립적으로 살다가 깔끔하게 세상을 뜨는 삶도 나쁘지 않을 것 같다.

사실 이 명언은 세태 변화에 따른 수정이 필요하다. 이런 주장을 한 지가 오래되었는데, 그 사이 평균수명이 급격하게 늘어났기 때문이다. 결혼이나 출산 등의 라이프 사이클도 늦어지거나 미뤄졌다. 그래서 각 10년씩 미루는 게 합리적이라고 생각한다. 이는 어느덧 육십이 된 내가 소중한 한 표를 행사하고 싶어서가 결코 아니다. 나의 주장에 격하게 공감했던 지인은 70세가 되면 할리 데이비슨을 타고 바다에 돌진하겠다는 이야기를 슬며시 거두고 있다. 그가 칠십이 가까워져서는 절대 아니라고 믿는다. 내 주위에는 이런 몽상에 열렬히 호응하는 사람이 제법 많다. 어째 철없는 것도 유유상종이다.

'운칠기삼', 보결로 입사해 끝까지 살아남기

롱롱타임 어고우, 대학 졸업을 앞두고 공채를 뽑는 회사 몇 곳에 원서를 넣었다. 그때나 지금이나 취업은 쉽지 않은 일. 서류, 필기시험, 면접 등 여러 단계의 낙방을 경험했다. 겨우겨우 여성잡지 주부생활사의 합격 대기자 명단에 이름을 올렸지만, 달랑 기자 7, 8명 뽑는데 내 차례를 기대할 수는 없었다. 학교 취업정보실 추천으로 '여대생 신입사원'을 뽑는 모 기업으로 출근을 결정했다. 회사는 컸지만 업무는 총무팀의 단순 사무. 우울한 마음으로 출근 전 마지막 주일을 빈둥거리고 있는데 중학교 동창에게 전화가 왔다. "너 주부생활 떨어져서 대기자 명단에 있다고 하지 않았어? 거기 합격한 한 명이 내 친구인데 걔가 그 어렵다는 OO일보 시험에도 최종 합격했대. 주부생활 안 간다고 하더라. 오늘 우연히 만나 직접 들었다니까. 결원 생겼으니까 연락 한번 해봐. 근데 세상 진짜 좁지?"

오, 이런 우연이 있나! 하지만 합격 대기자 명단에 나 말고 또 있었는데…. 만약 나를 뽑을 생각이라면 회사에서 먼저 연락을 주지 않을까? 괜히 전화해서 희망고문만 당하고 좌절하는 거 아냐? 선뜻 다이얼을 돌리기가 쉽지 않았다. 잠시 망설이던 내게 '운발'이라는 단어가 떠올랐다. 그래, 이것도 다 하늘이 준 기회야. 운 좋으면 되는 거고, 운 없으면 안 되는 거지, 뭐. 심호흡 후 전화기를 들었다. 그렇게 신입사원 교육도 이미 끝난 회사의 턱걸이 취업에 성공, 보결로 잡지 기자가 됐고 동기들이 진작에 떠나버린 잡지 판에 홀로 남아 30년을 일했다. 인크레더블(incredible)! 아니, 이디어트(idiot)인가. 아무튼 나중에 인사 담당에게 물어보니 충원 계획이 없었는데, 먼저 전화해온 적극적인 태도를 높이 사서 뽑았다고 한다.

운칠기삼(運七技三)이라는 경구를 좋아한다. 세상만사 운 일곱, 기 셋으로 이루어져 있으니 아무리 노력해도 운을 따라잡을 수 없다는 의미다. 물에 물 탄 듯 술에 술 탄 듯, 야무진 구석이라고는 없는 내가 딱 좋아할 만하다. 아등바등해봐야 운 좋은 사람 못 이긴다고 일찍이 선인들이 간파하신 게다. 하지만 여기서 중요한 건 기가 셋이라는 사실. 모든 게 운발이면 케세라세라 하겠는데, 내가 해야 할 몫 3이 있으니 그럴 수도 없다. 취업 전쟁에서 나의 삼은 최종 면접까지 올라간 거였다. 하지만 결정적인 건 합격을 포기한 사람이 바로 내 친구의 친구였고, 친구가 그 소식을 우연히 알게 됐고, 타이밍 딱 맞게 나에게 전달했다는 사실이다. 운이 아니면 설명하기 어려운 우연의 연속이었다.

운칠기삼은 인생을 겸손하게 살아가는 키워드이기도 하다. 누군가의 성공이 전적으로 혼자 잘 나서가 아니라는 사실을 말해준다. 성공 뒤에는 수많은 우연과 외부 도움으로 이뤄진 운 7이 있다는 사실을 잊지 말라고 넌지시 귀띔해준다. 실패도 마찬가지다. 실패 역시 당사자의 잘못만은 아니다. 운이 따르지 않아서, 내 힘으로 어쩔 수 없어서 안 되는 일들도 많다. 그런 건 그냥 받아들이면 된다. 운칠기삼의 세계에서 우리는 그저 오늘 하루 3의 노력을 다하는 걸로 족하다. 그 결과는 나의 것이되 나의 것이 아니니, 우쭐댈 필요도 좌절할 이유도 없다.

때로는 운칠기삼의 자매품 '아니면 말고'를 소환해야 한다. 본전 생각에 발목 잡혀 포기하지 못할 때, 고지가 바로 앞이지만 능력 밖에 있을 때, 마음을 내려놓는 용기다. 눈앞의 현실에 최선을 다하다가 이게 아니다 싶은 순간 미련 없이 등 돌려 나오는 기술이다. 나는 그 아님을 깨닫는 순간이 너무 늦다는 게 문제였다. 언제 아님 말고를 외쳐야 할지 몰라 일단 최선을 다하고 봤다. 앞날을 알 수 없어 주어진 하루하루 한눈팔지 않고 견뎠다. 그랬더니 결국 '성실 외길 인생'이 남았다. 아이러니다.

그래도 살다 보니 알겠더라. 우리 인생의 중요한 순간은 철저한 준비와 노력 끝에 맞닥뜨리기보다 아니면 말고의 마음가짐 속에 어느날 불쑥 나타난다는 것을.

BUS

PART 4 관계

우리는 서로를 견디고 있는 중이다

'호갱' 노인을 위한 변명

오전 일찍 은행 창구를 방문했다. 이사 문제로 하루 5백만 원으로 제한된 이체한도를 높여야 했다. 번호표를 뽑고 핸드폰을 들여다보는데 갑자기 큰 소리가 들려왔다. "아버지, 비밀번호 새로 만들어야 해. 4자리 번호 누르세요." 카운터 앞에서 내 또래 여자가 호호백발 할아버지 귀에 입을 대고 소리치고 있었다. 아, 친정아버지 모시고 왔구나. 혼자는 의사소통이 어려울 것 같은데 계좌관리를 직접 하시나? 쓰윽 창구를 둘러보니 어머나, 나 빼고 손님 5명 모두 최소 70살 이상으로 보였다.

내 차례가 돌아왔다. "아직 보안카드 쓰시네요. 보안카드 폐기하고 OTP 카드를 만들어야 이체한도를 높일 수 있어요. OTP 카드는 2종류가 있는데, 앱을 다운받으시면 계좌관리가 통합으로 가능하고…." 긴장 모드 돌입. 요즘은 무슨 설명을 들어도 입력이 한 번에 안 된다. 큰돈이 오가야 하는데, 정신 바짝 붙들어 매자.

눈 몇 번 끔뻑이면 물건이고 서비스고 새로운 게 등장한다. 나이가 드니 이해력도 기억력도 떨어져 따라잡기가 더 벅차다. 게다가 원체 게으른 탓에 평소에도 변화를 멀리하며 살아온 나다. 은행 거래는 1995년 월급통장으로 시작된 신○은행 계좌를 아직도 사용하고, 미용실은 김○진 원장님의 단골로 20여 년째다. 자동차보험은 10년 넘게 한 사람에게 가입 중이다. 친구의 부탁으로 인터넷을 바꿀 때는 이전 통신사로부터 파격적인 할인 혜택을 제안받았다. 군소리 없이 7년 동안 가입하고 있었으니 아마 호갱 노릇도 단단히 했을 게다. 내게는 무언가 손해 보지 않기 위한 노력이 피곤하다. 이러니 다이내믹하고 빠르게 변하는 한국 사회에 뒤처져 끌려다니는 게 당연하다. 그렇다고 내가 거대한 변화의 트렌드에 저항하며 자신의 방식을 고집하는 사람은 못 된다. 굳건한 철학이나 이념이 있는 것도 아니다. 무엇보다 자기 원칙을 지키기 위해 의도적으로 편리함을 마다하고 사는 것도 귀찮은 일이다. 그래도 가끔은 궁금해진다. 우리는 무엇 때문에 이렇게 숨차게 달리고 있는 걸까? 이 변화의 끝에는 무엇이 있을까?

재작년 가을 강남의 한 아파트에 사는 친구 초대로 동창 몇 명이 게스트하우스에서 하룻밤을 묵었다. 수다와 먹방의 긴 밤을 보내고 늦은 아침식사를 위해 단지 내 식당을 찾았다. 식당은 한 끼 7천 원에 남이 차려준 아침식사를 원하는 입주민들로 북적거렸다. 순서를 기다리며 유심히 둘러보니 그들은 맞벌이로 바쁜 아내나 남편도, 혼자 식탁을 차려내야 하는 노인도 아니었다. 대다수가 여유 있는 아침식사를 하러 오는 주부들로 보였다. 평일 오전 럭셔리 아파트 단지 안에서 친구들과 느긋하게 아침을 즐기는 주부의 삶, 확실히 부러운 인생이다. 문득 우리 시대 가정은 뭐 하는 곳인지 궁금해졌다. 예전에는 가정에서 이루어지던 수많은 기능이 대부분 아웃소싱된 지금, 남아 있는 게 무엇일까? 가족이 나누고 책임지던 걸 신속하게 시스템과 공공에 맡겨버리는 요즘, 가정이 필요하긴 한 걸까? 아이를 낳고 키우고 가르치는 건 상당 부분 외부 기관과 전문가들에게 위임된 상태다. 노인 부양의 기능도 사라지고 있다. 청소와 빨래, 음식 만들기와 같은 기본적인 가사노동은 세분화된 신상 가전과 서비스에 크게 의존하고 있다. 식기세척기, 건조기, 의류관리기, 공기청정기, 정수기, 커피 머신 등등 10년 전과 비교해 얼마나 많은 가전제품이 등장했는지 떠올려보라. 집 근처에는 맛있는 반찬가게, 솜씨 좋은 수선집과 세탁소, 새벽배송과 편의점 배달까지 없는 게 없다. 그래도 우리 일상은 여전히 분주하기만 하다.

꼰대 지적질을 받더라도 옛날이야기가 하고 싶다. 잡지에 연재되던 故 최인호 작가의 소설은 원고를 해독하는 전문기자가 따로 있었다. 400자 원고지에 독특한 필치로 날려 쓰는 그의 원고가 워낙 악필이라 아무나 읽을 수 없었기 때문이다. 사무실에 확대·축소 복사기가 없어서 사무기계 전문가게에 다녀야 했다. 컴퓨터도 핸드폰도 인터넷도 없이 최신 화제와 정보를 다루는 잡지를 만들었다. 이게 자유당 때도 박정희 유신시절도 아니다. 80년대 초년병 기자 시절 이야기다. 200자 10매 원고를 받기 위해 여의도에서 창동을 버스로 왕복하던 그 시절을 견디고 새우깡도 배달되는 이 시대를 마주한 지금, 우리는 더 좋은 세상에서 살고 있는 걸까?

자급자족을 실천했던 니어링 부부처럼 살 수는 없다. 그저 공존의 공간이 조금 더 넓기를 바랄 뿐이다. 효율을 위해 아웃소싱하고, 열심히 돈 벌어 다시 더 나은 편리함을 사는 무한반복 트랙에서 벗어나, 내 손으로 최대한 많은 걸 경험하고 해결하는 사람들도 존중받는 사회를 희망한다. 자신에게 필요한 기능만 갖춘 컴퓨터와 핸드폰을 살 수 있고, 기계가 아니라 사람에게 주문하고 물어볼 수 있고, 손때 묻은 LP와 DVD를 버리지 않아도 되고, 이모티콘 대신 목소리로 상대방의 감정을 확인하며 사는 일들 말이다.

그렇다고 함부로 귀촌을 꿈꿔서는 안 된다. 강남 한복판 일터의 삭막함에 지쳐 홀연히 시골로 내려간 후배는 두 해 여름을 보내고 이렇게 말했다. "선배, 이제 초록만 봐도 멀미가 나. 해도 해도 일이 끝이 없어."

성실의 길
30년 반성

30년간 회사에 다녔다. 직장생활을 버티는 무기가 몸에 각인되어 있다면, 아마 내 몸에는 誠(정성 성), 實(열매 실)이 새겨져 있을 것이다. 부록으로 책임감이란 단어가 작은 글자로 따라붙어 있을지도 모른다. 지혜나 통찰력, 판단력, 문제 해결력, 유머, 눈치, 아부력 등등 수많은 덕목 중에서 몸으로 때우는 하수의 자질로 느껴진다. 딱히 부정할 생각은 없다. 365일 회사에 하도 나가서 스스로 민망할 지경이었다. 나 홀로 한 주말 출근을 다른 기자들이 눈치챌까 봐 신경 쓰이기도 했다.

그런 주제에 회사 반대편에 서는 일이 많았다. 오너가 주인의식을 요구하면 눈살을 찌푸렸다. 주인의식은 주인이 갖는 거고, 직원은 직원다우면 되는 거 아닌가? 주식이라도 나눠주고 바라든지. 정기구독 의무 할당이 내려와도 기자들을 채근하지 않았다. 협력업체의 단가를 지키기 위해 회사와 싸우기도 했다. 그러면서 막상 일할 때면 마지막까지 쥐어짰다. '이 책이 내 책'이라는 망상이 말초혈관에까지 흘렀다. 잡지·출판 업무의 특성이기도 하지만 내 몸에 새겨진 그놈의 성실이 범인이었다. 한여름에도 일몰 이전의 퇴근이 어색한 직장생활, 워라밸이 뭔 귀신 씻나락 까먹는 소리? 일이 곧 삶인 일상, 배터리 충전은 고사하고 부싯돌 화력까지 남김없이 사용한 번아웃 상태의 퇴직. 그나마 그 힘으로 험난한 직장생활을 버텨온 거겠지만 빈말로라도 잘했다고는 할 수 없다. 요즘 세대들이 보면 한심한 게 아니라 어리둥절할 것 같다. 미안하다. 반성한다.

반성을 밑천 삼아 후배들에게 하고 싶은 말이 있다. 회사가 200만 원을 주니 딱 200만 원어치만 일하겠다는 태도, 내 업무가 아닌 건 할 수 없다고 정색하는 자세에는 반대 한 표다. 동료보다 앞서기 위해 달려나갈 필요는 없지만 동기들 다 승

진하고 혼자 끝자리 책상을 차지해도 괜찮은 멘탈이 아니라면 평판 관리가 필요하다. 업무 능력은 키우되, 평소에는 능력의 80%만 발휘하도록 세심한 힘 조절 기술을 익혀야 한다. 너무 열심히 하거나 잘하면 일복이 터지는 수가 있다. 언제나 능력의 20% 정도는 비축해두자. 그러다가 필요한 순간 300만 원의 가치가 있음을 슬며시 드러내는 거다. 연애뿐 아니라 회사생활에도 밀당의 기술은 유용하다.

직장생활의 포인트는 회사의 생리를 이해하고 이용하는 데 있다. 회사는 본질적으로 개개인의 감정 상태에 관심이 없다. 효율성을 추구할 뿐, 나를 좋아하거나 미워할 하등의 이유가 없다. 퇴직 후 어느 날, 후임 편집장으로 일하던 후배가 찾아왔다. 신설 부서에 보내려는 회사 인사 발령에 퇴사 고민을 안은 채였다. 일말의 망설임도 없이, 월급 받으며 새로운 일 배울 기회인데 얼른 가라고 등 떠밀었다. "리스크는 크지만 네가 능력을 인정받았다는 이야기야. 회사에는 부서 활성화를 위한 요구조건을 내걸고 최대한 관철시켜. 일단 시작해보고 아니다 싶으면 너도 준비해서 다른 데 알아보고." 잘난 척 잘난 척. 불과 그 몇 년 전, 우리 팀 기자를 편집 외 부서에 안 보내려고 대표에게 항의 메일을 썼던 나였는데…. 회사를 그만두니 그제서야 회사가 보였다.

세상이 바뀌고는 있지만 아직도 여자들이 불리한 게 취업과 직장생활이다. 일하는 현장을 책임지는 여자는 늘어도 그걸 결정하는 자리에는 남자들이 더 많이 눈에 띈다. 내 경험상 남자보다 여자가 부당하다고 생각되는 회사의 지시를 더 못 참는 경향이 있다. 그럴 때면 퇴로 없이 싸우거나 포기하는 걸 자주 목격했다. 후배를 위해서 버티라고는 못 하겠지만, 능력껏 저항하고 받아들이고 견디면서 바꾸어 나가라고 부탁하고 싶다. 일상에서 느끼는 불편함과 차별을 바꾸기 위한 노력이 강조된다고 해서 조직 안에서의 변화가 덜 중요해지는 건 아니다. 회사가 제공하는 무형의 자산도 이용할 줄 알아야 한다. 몸담고 있을 때는 그 영향력을 깨닫기 어렵다. 나 역시 예외는 아니었다. 은행 대출이나 비자 발급에 재직증명서가 얼마나 큰 힘을 발휘하는지 퇴직 후에 알았다. 고향집보다 자주 가는 회사 연수와 간부 교육의 효용성도 뒤늦게 깨달았다. 일할 시간 뺏긴다고 툴툴거렸지만 그 시간은 트렌드를 이해하고 자신의 역량을 키우는 데 도움이 되기도 했다.

한 모임에서 젊은 시절로 돌아간다면 무얼 하고 싶은지 이야기할 기회가 있었다. 망설임 없이 회사를 그만두겠노라고 대답했다. 형편상 계속 일을 해야 한다면 너무 열심히 하지 않을 테다. 최소한 회사를 여러 번 옮기기라도 하겠다. 몇 줄짜리 단출한 이력서가 말해주듯 나는 연못 구경은 해보지도 못한 우물 안 개구리로 직장생활을 마쳤다. 휴식 없이 일하느라 알량한 창의력은 애초에 바닥까지 박박 긁어 썼다. 일과 너무 많은 걸 바꾸었다. 그래도 후회는 없다. 모든 걸 소진하고 나면 미련 따위 남지 않는 법이니까. 사랑도 마찬가지 아닌가. 설마 일을 사랑한 거야, 나?

밥 먹기를 강요하는 갑질

"라떼는 말야~ 하는 순간 꼰대라던데. 아무튼 나 때는 말야~ 직장 선후배들이 허구한 날 몰려다니며 선배는 밥 사고 술 사고 고민 상담해주고, 후배는 선배 따르고 지금도 연락하고 여행도 막 같이 가고…. 진짜 친해." "선배는 술값 내주면서 싫어하는 후배도 억지로 마시게 했겠지. 그리고 우리도 직장생활 힘든데 뭔 후배를 가르쳐?" 아들 회사에 후배들이 들어왔는데 다 같이 술을 마신 적이 없다고 한다. 선배들이 챙겨줘야 하는 거 아니냐고 했더니, 왜?란다. 왜?라니! 그냥 당연한 거 아닌가? 험난한 직장생활, 인간관계로 버티는 거 아니었나? 직장 문화가 달라졌다더니 이런 거구나 싶었다. 친한 입사 동기들은 있는 것 같던데, 선후배 관계는 소 닭 보듯 하는 모양이다. 받은 게 없으니 주는 걸 모르는 건가? 한 줌의 권위라도 끼어들까 봐 원천 차단하는 건가?

30년 직장생활을 20년 한곳, 8년 한곳에서 했으니 대충 견적이 나온다. 스쳐간 인연도 많지만 오랫동안 함께 근무하며 정을 쌓아온 사람들이 적지 않다. 오랜만에 퇴직한 선배 두 명과 고깃집에서 만났다. 불판 옆 고기가 흐물흐물해지는 것도 모르고 수다를 떨었다. 지나가던 종업원이 "고기 올리셔야죠." 하는데 서로 얼굴만 마주 봤다. "아, 나야? 내가 구워야 하는 거구나. 흐흐흐." 앞에 앉은 선배가 바로 어택을 날린다. "시방 네가 국장이라고 핏물 줄줄 흐르는 고기가 안 보이는 거냐. 빨리 구워." 쏴리~ 나도 누가 구워주는 고기만 먹은 지가 오래돼서 본분을 망각했다. 모임 장소를 못 찾겠다는 지각생 멤버의 카톡이 왔다. "선배, 내가 갔다 올게." 오십이 넘은 후배가 발딱 일어섰다. 옆에서 다른 친구가 거든다. "야, 재도 어디 가면 한 칼 하는 이사님이야. 다른 사람들한테는 심부름 다니는 거 비밀로 하자. 크큭." 다들 세월이 흘러도 처음 만난 인연으로 기꺼이 돌아갔다.

월간지를 만들다 보면 매월 야근과 철야 주간이 찾아온다. 자연히 사무실에서 저녁을 시켜 먹는 일이 많았다. 수시로 간식과 야식도 등장했다. 가족보다 더 많은 끼니를 함께 했으니 주문 담당 막내 기자들의 스트레스도 만만찮았을 것이다. 간짜장을 짜장으로 주문했다가 까칠한 선배의 마감 짜증까지 받아야 했고, 햄버거 세트의 어니언링 튀김 대신 양파 스낵을 사 온 막내는 두고두고 놀림감이 됐다. 그 당시 배달 앱이 있었으면 기자들의 근속 기간이 늘었을지도 모르겠다. 유난히 밥때를 챙겼던 나는 팀원들이 식사를 거르는 걸 마땅찮아 했다. 모여서 밥을 먹으며 잠시 숨 돌리고 서로 얼굴을 마주해야 한다고 생각했다. 돌이켜 보면 밥 먹기를 강요하는 갑질을 했던 셈이다. 마감이 끝나면 고생 많았어, 우리가 남이가, 으쌰으쌰 하며 술잔을 부딪치는 회식이 필수 코스였다. 주량이 느는 후배를 격려하고, 노래방 점수를 칭찬했다. 회식이 잦고 술꾼이 많은 부서의 팀워크가 좋다는 게 우리 시대의 공인된 낭설이었다.

직장 갑질이 뉴스거리로 등장하면 가끔 나의 직장 시절을 떠올리게 된다. 나는 그나마 세상 좋을 때 상사질 하는 복을 누렸다. 그때는 자연스러웠던 일들도 본질은 선배나 상사의 갑질이었던 걸까? 잘 모르겠다. 하지만 우리 자식 세대에게는 '용서받지 못할 일'인 게 분명하다. 그들의 가장 큰 특징은 소속감을 거부하는 것이다. 우리들은 집단이나 조직에 기대 보호받고자 하는 마음이 컸다면, 요즘 세대는 그냥 한 개인으로 인정받고 살아가기를 바라는 것 같다. 그래서 조직의 논리가 끼어들 수밖에 없는 상사나 선후배들과의 스킨십을 본능적으로 싫어하는 모양이다.

'요즘 애들'이니 '한국 아줌마들'이니 '강남 사람들'이니 하는, 이름 붙이기를 좋아하지 않는다. 개별자로 존중받으며 고유한 자신만의 이름으로 불리기를 바라는 마음에도 동조한다. 하지만 가끔은 함께 웃고 공감을 나누는 집단의 에너지가 그리울 때가 있다. 그 안에 슬쩍 묻어가면 편한 게 있다. 소속감 없는 혼자의 길은 더 외롭지 않을까? 하긴 젊은 세대에게는 그런 추억이 없으니 그리움도 없겠구나. 이것도 다 자가발전 오지랖이다. 용감한 젊은 그대들에게 위로와 응원을 보낸다.

찐 부부의 세계를 알려주마

화제의 드라마 <부부의 세계>가 언짢다. 아마도 이혼 후 싱글맘으로 아들을 키워온 나의 유사 경력 때문일 것이다. <부부의 세계>는 완벽한 듯 보였던 부부가 남편의 외도로 무너지는 과정을 극적인 과장법으로 그려낸 드라마다. 높은 시청률이 말해주듯 관련 정보와 이야기가 인터넷을 뒤덮고 친구들이 모이면 어김없이 등장하는 이야깃거리였다. 호불호는 갈리지만 입을 모아 드라마적 재미를 칭송했다. 그런데 나는 왠지 리모컨에 손이 가지 않았다. 드라마를 다큐로 받는 타입도 아니고, 미풍양속을 함양하는 건전 드라마를 선호하는 것도 아닌데, 이혼을 정면으로 다룬 이야기는 결이 좀 다르다. 나도 모르게 자꾸 도드라진 흉터를 만지는 기분이다.

이런 건 평소 내 모습과는 거리가 멀다. 불륜을 소재로 한 이혼 드라마야 한두 편이 아니지 않은가. 특별히 <부부의 세계>가 불편한 이유를 곰곰 생각해보니 드라마와는 너무 다른 나의 이혼 기억이 소환되기 때문인 것 같다. 이혼을 둘러싼 폭발할 듯한 긴장과 갈등, 그 과정을 지배하고자 하는 배신과 음모, 반대편에 있지만 하나의 끈으로 연결된 복수와 미련, 어른들 싸움에 희생당하고 비뚤어지는 자식…. 드라마 속 이혼이 현실과 다르다는 건 두말하면 입 아프다. 그렇다고는 해도, 이 드라마는 나의 이혼 과정이 얼마나 시시했는지를 새삼스럽게 환기해준다. 협박과 폭력은 고사하고 따귀 한 대 못 때렸으니, 한심하도다. 이혼의 전조부터 서류에 도장을 찍기까지의 과정은 지금 다시 돌이켜봐도, 참 못났다. 누군가의 갑작스러운 공격에 어버버하다가 잠자리에 누워서 이불킥하며 억울해하던 기억 같은 거였다. 헤어짐 앞에서 최소한의 존중과 배려를 원했지만, 그걸 끌어낼 방법을 몰라 질척대고 허우적거렸다.

내가 아는 '부부의 세계'란 그런 것이다. 사랑하는 사람과 평생 함께하기를 기대했지만 일상에 치여 언제 사랑이 식었는지도 모르는 채 사는 것이다. 그러다 다른 사랑이 생기면 쿨하게 헤어지거나 지독한 복수를 하는 게 아니라 갈팡질팡 허둥허둥 미움과 상처를 주고받다가 변변찮게 헤어지는 것이다. 여자로서의 배신감보다 먹고사는 문제와 타인의 시선을 먼저 걱정하는 것이다. 자식이 있다면 어떤 식으로든 인연의 끈을 한자락 남기고 타인이 되는 것이다. 상대방이 불행해져 내가 동정을 보내는 전개를 원하는 것이다.

<부부의 세계>에서 가장 못마땅한 건 아이 문제를 다루는 시선이다. 자식을 포기하지 않고 서로 키우겠다는 태도는 언뜻 기특해 보이지만, 주인공 부부는 아이를 정서적으로 이용하고 학대하는 최악의 부모다. 부부의 문제는 성인으로서 선택의 책임이 있고 타인은 이해하기 어려운 두 사람만의 디테일이 있을 터이다. 살다 보면 내 잘못이든 운이 없어서든 꼬꾸라질 때가 있다. 흙바닥에 엎어진 김에 벌렁 누워 하늘도 보고 주저앉아 질질 짜다가도, 시간이 흐르면 대충 상처가 아물고 흉터는 메이크오버가 가능해진다. 아이는 이야기가 다르다. 잘못한 거

없이 2인 3각으로 같이 넘어진 아이는 혼자 힘으로 일어나기 어려우니 도와줘야 한다. 부모가 먼저 일어나 손을 내밀고 상처를 보살피며 꼭 껴안아서 안심시켜줘야 한다. 그렇게 일으켜 세운 자식은 때로 부모의 상처를 아물게 하는 유능한 치료사로 성장하기도 한다. 세상 못난 사람이 자식 앞에서 헤어진 배우자를 욕하는 사람이다. 욕을 해서 아이가 완벽한 내 편이 되고 상대가 잘못되고 내가 행복해지면 좋으련만, 그런 일은 일어나지 않는다. 오히려 아이는 더 마음 붙일 곳을 찾지 못해 방황하기 쉽다. 아무리 곁에 있는 부모가 다정하게 안아줘도 아이는 어디선가 상처를 핥아가며 견디는 저 혼자만의 세계가 있다. 내 자식 상처에 소금 뿌리는 어리석은 짓은 하지 말자. 그렇다고 부모가 무슨 잘못을 저지른 사람처럼 구는 것 또한 노 땡큐다.

아들이 아빠와 같이 보낸 시간은 많지 않았다. 어려서 아빠와 헤어진 아들은 고등학생이 되면서 다시 만날 기회를 가졌지만 그 세월도 길게 이어지지 못했다. 아이가 아빠를 만나 시간을 보낸 날은 뭉쳐놓은 행주처럼 내 마음이 꾀죄죄해졌다. 비싼 자전거를 선물 받고 내 눈치를 보는 아들이 안쓰러워 팔아서 생활비에 보태자고 시시덕댔다. 또다시 아이에게 상처를 주고 멀어진 그에게 분노했지만, 한편으론 안도하며 유산을 받아야 할지 모르니 등지지는 말라고 실없이 굴었다. 나의 영향력 안에서 자란 아들은 여자에 대한 편견이 없고 기 센 언니들과도 잘 지내는 남자가 됐다. 고마운 일이다. 그나저나 나는 결국 혼자 아이 키우며 가장으로 평생 살아온 사람이 되고 말았다. 이런 희생자 캐릭터, 진짜 마음에 안 든다.

애니웨이, 이혼은 목숨을 걸 정도로 드라마틱한 사건이 아니다. 서로 맞추며 사는 생활에 지치고 지쳐서 쌓이고 쌓인 갈등에 불씨가 당겨져서, 어느 일방에라도 확실한 이해관계가 있을 때 건조하게 일어나는 거다. 그래서 세월이 제법 흐른 뒤 누군가 왜 이혼했냐고 물으면 대답이 궁색해지는, 그런 거다. 우리는 결국 배우자가 아니라 나 자신과 싸우며 살아가는 건지도 모른다.

그 남자의 김치찌개

산티아고 순례길의 색다른 숙박시설 알베르게를 무대로 한 예능 프로그램 <스페인 하숙>을 챙겨봤다. 이국적이면서 평화로운 화면도 좋았고 출연진인 차승원·유해진·배정남의 티키타카도 재미있었다. 길 위에서 마주친 순례자들의 다양한 사연에는 진솔한 감동도 담겨 있었다. 이 프로그램의 메인 배경은 차승원의 주방. 설렁설렁 쉬워 보이지만 늘 맛깔난 요리를 차려내는 솜씨에 감탄했다. 그날의 참치 김치찌개는 게스트용이 아니라 출연진을 위한 메뉴였다. 늘 그렇듯이 대충대충, 더구나 식구들이 먹을 거니 더 쉽게 요리했다. 배추김치를 듬성듬성 가위질해서 냄비에 담고 참치 통조림과 고춧가루 등 약간의 양념 첨가, 물 붓고 어묵을 큼직하게 잘라서 푹 끓여 먹는데 너무 맛있어 보였다. 도마도 안 쓰고 멸치육수도 필요 없고 재료도 초간단이다. 그래, 내일 아침 메뉴는 저거다!

다음 날 아침 김치냉장고로 향했다. 스탠드형이 아닌 뚜껑형 김치냉장고 위에는 고춧가루와 멸치 등 서너 개의 큰 봉지가 올려져 있었다. 비닐봉지를 치우고 김치통을 꺼냈다. 무겁다. 요통 주의. 비닐장갑을 끼고 김치 반 포기를 조심조심 작은 볼에 담는데, 아뿔싸 김칫국물이 흘렀다. 독한 양념 집합체인 김칫국물은 도마든 싱크대 문짝이든 한번 묻으면 잘 안 지워진다. 비닐장갑을 벗은 뒤 김치통을 다시 냉장고에 넣고 치워둔 봉지들도 원위치. 가위로 자르려니 배추 포기가 한 손에 잡히질 않아 누더기로 잘릴 판이다. 차승원은 손이 커서 깔끔하게 잘랐나? 결국 도마를 꺼냈다. 참치캔을 딸 때도 조심해야 한다. 잘못하면 손을 베이거나 참치 기름을 쏟을 수 있다. 다진 마늘과 고춧가루는 냉장고에서, 설탕은 싱크대에서 꺼내고 김칫국물 묻은 도마를 씻어서 어묵을 썰고…. 기타 등등 기타 등등.

나는 차승원의 열두 배쯤 번거롭고 힘이 들었다. 이상한 일도 아니다. 방송에는 보이지 않는 수많은 과정이 있었을 테니. 누군가가 깨끗한 새 볼에 적당한 크기의 김치 반 포기 딱 담아서 준비해줬을 것이고, 양념과 조리도구는 쓰기 편하게 눈앞에 일렬종대로 줄 세워 뒀을 것이다. 과정마다 조리용 라텍스 장갑을 새로 꺼내 쓰고, 먹다 남은 반찬은 갈등 없이 버리고, 차승원은 늘 처음인 척 같은 동작을 여러 번 반복해서 찍었을 것이다. 수많은 장면이 잘려나가고 베스트만 모아서 보여준 것이다.

사실 나도 알 만한 처지다. 잡지기자로 수많은 화보 촬영을 진행하면서 사진 한 컷이 어떤 과정을 거쳐 실리는지, 그 사진 프레임 밖 현장이 어떤지 익히 봐왔다. 공간이 큰 인테리어 촬영에는 가구와 소품이 트럭으로 실려 오는 일이 다반사다. 이때 가장 필요한 건 제품에 스크래치가 나지 않도록 번쩍 들 수 있는 근육질 팔뚝이다. 디테일이 중요한 요리 사진도, 모델 연출이 핵심인 패션 사진도, 순간 포착이 포인트인 인물 사진도 카메라 밖 현장은 늘 난리블루스다. 사진보다 텍스트가 중요한 취재 기사도 크게 다르지 않다. 수많은 자료와 인터뷰 내용 중에서 결국은 취사선택하고 없는 글솜씨도 쥐어짜 양념치고 포장해야 한다. 예전에는 콘텐츠 생산과 유통이 대부분 전문가의 영역이었다. 일반인들 역시 그게 특별한 목적 아래 제작된다는 사실을 잘 알고 있었다. 나와는 상관없는 일이니 부러워할 이유가 없었다. 좋아하거나 싫어하거나, 칭찬하거나 비난하는 걸로 충분했다. 요즘은 누구나 멋진 콘텐츠를 만들어 공개하는 세상이다. 취사선택과 포장이라는 공정을 거치는 거야 마찬가지지만, 포인트는 그게 내 친구 이야기라는 데 있다.

나이를 거꾸로 먹나, 더 젊어졌네? 근사한 초대요리 같은데 냉장고 파먹기 메뉴라고? 저 세련된 테이블 세팅은 또 뭐람? 유럽으로 가족여행 가려면 돈이 얼마나 드는 거야? 친구의 타임라인을 좇다가 내 일상을 돌이켜보니 은하계 양극단만큼이나 멀게 느껴진다. 친구가 선택해서 보여주는 프레임의 안과 밖이 다르다는 사실을 잊지 말자. 가장 자연스러워 보이는 사진이 최고로 어려운 연출 사진이란 건 더 이상 비밀이 아니다. 중간 과정은 생략되고, 포장된 결과만 보이니 남의 인생은 쉬워 보인다. 젊어 보이는 친구의 클로즈업 사진도 선글라스 벗으면 10년 더 나이 들어 보인다. 냉파 메뉴 올리려고 마트에서 냉동 대하 한 팩과 모짜렐라 치즈 정도는 사 왔을 게 분명하다.

홈쇼핑 특가 유럽여행은 선택 관광이 핵심인데 아마 몇 가지는 포기하고 다녀왔을 확률이 높다.

결론은? 내가 김치찌개를 후다닥 못하는 게 아니라 차승원의 김치찌개가 그렇게 쉽지는 않다는 사실이다. 비교할 필요도 부러워할 필요도 없다. 그저 친구의 자랑질 인스타나 블로그에 '좋아요'를 꾸욱 눌러주는 걸로 충분하다. '그래, 너도 애 많이 쓰는구나' 하면서….

사람 대신 물건과 사귀는 젊은이들

출근길 현관문을 열고 나갔던 아들이 다시 들어왔다. "뭐 두고 갔어?" "아니 옆집 아저씨 나오는 소리 나서 다음 엘리베이터 타려고." 우리집은 꼭대기 층이라 엘리베이터 동승 시간이 좀 긴 편이긴 하다. 그렇다고 가끔 안부를 묻는 점잖은 아저씨를 피할 것까지는 없지 않나. 아들은 이웃 어른에게 바르게 인사는 못 할지언정 같이 엘리베이터를 타는 것조차 기피하는 젊은이가 됐다.

해외여행을 가도 절대 길을 묻지 않는다. 구글신의 도움으로 웬만한 건 해결하지만 가끔 마지막 지점에서 버퍼링에 걸릴 때가 있다. 지나가는 사람에게 물어보면 쉽게 해결될 텐데 스마트폰만 들여다본다. 낯선 사람에게 폐 되기도 싫고, 그 사람이 불친절해서 기분 나쁠 수도 있고, 길을 모를 수도 있기 때문이란다. 외국에서 한국 사람을 만나면 반가워하기는커녕 입을 닫는다. 반가운 척하고 말 좀 거는 게 왜 싫은 건데? 계단을 오르내리거나 기차를 타고 내릴 때 여자들의 무거운 캐리어를 들어주라고 하면 거부한다. 가방에 흠집을 낼 수도 있고 그 안에 뭐가 들어 있는지도 모르는데 먼저 나설 수 없다는 거다. 대신 상대방이 도움을 요청하면 도와준단다. 새치기도 절대 안 하지만 새치기하는 사람도 투명 인간 보듯 한다. 거칠게 운전하는 택시 기사에게 살살 가달라고 말하는 대신 조용히 별점 테러를 한다.

무례함과는 확실히 다르다. 뒷사람이 들어올 수 있도록 문을 잡아주고 다른 여행객의 카메라 앵글에 걸리지 않도록 재빨리 피해준다. 통로를 막아선 채 서 있는 일도 없고 카페에서 시끄럽게 떠들지도 않는다. 한마디로 나도 피해 안 주니 너도 주지 말라는 주의다. 오지랖이라곤 정말 1밀리도 찾을 수 없다. 식견 높은 인류학자들에 따르면 사회성이 인류 생존을 좌우해온 독보적인 특징이라는데 요즘 젊은 세대는 사회성 부족으로 생사가 위태로워지지 않을까 걱정된다.

비단 내 아들만 그런 건 아닌 것 같다. 젊은이들은 사람 대신 시스템과 사귀고 스마트폰과 커뮤니케이션하고 물건을 애정한다. AI의 딥러닝 데이터를 충실하게 제공하는 일상을 보내고 있다. 원래 한국 사람은 남 참견하기 좋아하는 오지랖쟁이에 인정 많고 흥분 잘하는 에너자이저들이다. 그 힘을 바탕으로 이토록 빠른 성장을 이뤘는데, 이제 민족성도 바뀌고 있나보다. 성장이 멈춘 시대에 걸맞은 변신인 것 같기도 하다. 선택의 여지가 없지만 달갑지는 않다. 많은 게 시스템에 의해 가능하다고는 해도 결국 최종 보스몹은 사람 아닌가. 안전한 내 경계 바깥에 있는 낯선 사람을 자주 만나 사귀고 겪으며 경험치를 쌓아야 인생 레벨이 올라갈 텐데 말이다.

대기업 임원으로 일했던 후배는 아이가 억울한 일을 많이 당하게 키워야 한다는 특이한 이론을 설파하곤 했다. 직원들을 유심히 관찰한 결과, 억울한 일에 대응하는 능력이 곧 사회생활의 경쟁력이라는 결론을 얻었다는 것이다. 그러면서 늘 아이의 의견을 물어보고 납득시키는 나의 양육법을 바꾸라고 조언했다. 너나 잘하라고 했지만, 가끔 그 말이 생각나기도 한다. 아들은 억울한 일을 겪지 않고 자라서 주변머리 부족한 사람이 된 걸까?

젊은 세대도 할 말이 많을 것이다. 걸핏하면 요즘 애들이 말야, 싸잡아 말하는 사람들도 부지기수고, 이해하는 척하면서 결국은 못마땅해하는 어른들이 대다수일 터이다. 그래, 맞다. 젊은 세대에게 무거운 짐을 지우게 될 우리가 왈가왈부 지적질은 그만하는 게 좋겠다. 심지어 우리 자식들은 부모보다 가난해질 최초의 세대가 될 지도 모른단다. 공공의 안녕을 크게 해치는 게 아니라면 인정하고 받아들이는 게 맞지 않을까? 가끔 이해가 안 되는 건 외우도록 노력할게. 약속!

목공은 네 돈으로 배워~
결혼의 조건

평일 오후 아들과 아파트 엘리베이터를 탔다. 잠시 후 30대로 보이는 긴 생머리의 여자 둘이 동승했다. 가벼운 목례 후 그들이 나눈 대화. 한 사람이 목공을 같이 배우자고 권했다. 다른 사람이 요가와 일어를 배우는 중이고 아이 학원 픽업도 가야 해서 시간이 날지 모르겠다고 부정적으로 대답했다. 한 달에 두 번이야, 그러니까…. 말을 이어가려는 순간, 일층 문이 열리며 둘이 내렸다. 요즘 경제적 여유가 있는 전업주부들은 많은 걸 하며 사는구나 싶었다.

지하주차장에 내리는데 갑자기 아들이 말했다. "나는 결혼해서 내가 번 돈으로 와이프가 목공까지 배우면 화날 거 같아. 배우고 싶으면 자기 돈으로 배우라고 할 거야." "뭐라니? 야, 결혼은 내가 번 돈을 나눠 써도 아깝지 않은 사람이랑 하는 거야. 그 정도는 사랑해야 결혼하는 거지." "그건 여자도 마찬가지 아냐? 나도 목공 배우고 싶은데, 여자가 나를 사랑한다면 당연히 내 수업료 내줘야겠네." 이놈아, 네가 그러니까 연애가 안 되는 거야.

결혼은 물론 연애에도 관심 없는 젊은이들이 많다. 내 아들도 딱 그 젊은이 중 하나다. 내가 싫은 거, 손해 보는 거, 억울한 거 못 참고 자라온 성장 배경 탓이 클 게다. 자기중심으로 자라온 그들은 고차원의 인간관계인 연애에 미숙할 수밖에 없다. 연애는 내가 먼저 상대방을 챙기고 맞춰주고 안아주는 과정이다. 누가 먼저랄 것도 없이 서로 같이 나서서 양쪽이 다 행복해지는 일인데, 네가 먼저 나서면 나도 나선다는 식의 발상으론 어림도 없다.

알다시피 과거에는 결혼제도가 전적으로 남자에게 유리하

게 작동했다. 남자는 결혼해야 생활이 안정되고 돈도 모을 수 있다고들 믿었다. 아내의 내조가 당연한 미덕이었다. 서른 넘은 미혼의 딸은 집안의 골칫거리지만 아들은 별 허물이 되지 않았다. 호랑이 담배 피우던 시절이 아니라 불과 30년 전 이야기다. 요즘은 현모양처니 살림꾼 아내니 하는 단어를 입에 올리는 것조차 불경스럽게 느껴지는 시대다. 결혼생활의 주도권은 보통 아내에게 있으며 남편의 육아 참여는 국방의 의무보다 신성한 미션이 됐다.

일방적이던 남자들의 유리함이 줄어들었으니 여자들이 그만큼 더 편해져야 셈이 맞다. 가사노동에서 해방되어 여유를 즐기고 자기 계발에 힘쓰고 몸과 마음을 가꿀 기회가 생겨야 한다. 남자들은 결혼을 기피해도 여자들은 결혼 상대를 찾기 위해 레이저를 뿜어야 한다. 하지만 실제로 그런 일은 일어나지 않는다. 여자들의 결혼생활은 길게 늘어난 투 두 리스트와 씨름하느라 여전히 바쁘고 힘들어 보인다. 일하는 아내들이 늘어난 사회적 여건과 가장 큰 관계가 있겠지만 전업주부라고 한가한 건 아니다. 결혼제도의 불평등이 극심했을 때는 양쪽 모두 결혼을 당연시했는데, 평등한 쪽으로 개선되고 있는데도 오히려 서로 별 메리트를 느끼지 못하는 형국이다.

결혼 적극 권장자인 일본의 철학자 우치다 다쓰루는 자신의 책 <곤란한 결혼>에서 결혼이 생존확률을 높이는 '리스크 헤지'라고 주장한다. 혼자보다 둘이 사는 게 유사시 생존에 유리하기 때문에 결혼을 통해 상호 부양 네트워크를 만들어야 한다는 것이다. 결혼은 사회생활의 하나이니 서로 기대치를 낮추고 권력관계를 인정하면서 공동의 목표를 향해 한발씩 나아가라고 말한다. 하지만 아쉽게도 요즘 젊은이들은 결혼을 리스크 헤지가 아니라 '리스크 더블'의 위험을 감수하는 일로 여기고 있는 모양이다. 나의 자유를 포기하는 일, 경제적으로 씀씀이를 줄여야 하는 일, 내가 손해 볼지도 모르는 일이라고 생각하는 것 같다. 개인적으로 리스크 헤지를 목적으로 결혼한다는 주장에는 동의하기 어렵다. 하지만 결혼생활을 유지하기 위해서는 뜨거운 사랑보다 각종 장애물을 함께 극복하는 동지적 마인드가 더 효과적인 게 분명하다.

대학 때부터 사귄 남친과 결혼한 후배는 결혼식 전날 밤 심란한 마음에 잠을 설쳤다. 나이가 들어가고 특별한 장애물이 없어 결혼으로 이어졌지만 지금 꼭 결혼해야 하는지, 그 남자가 최선의 결혼 상대인지 확신이 없어서였다. 그러다 후배는 내 결혼 축하카드를 보고 조금은 가벼워진 마음으로 잠자리에 들 수 있었다고 한다. '수틀리면 언제든 돌아와. 네 뒤에는 언니들이 있다' 맞아! 이 남자와 꼭 평생 같이 살아야 하는 건 아니잖아. 열심히 살아보고 아님 말지 뭐~. 그렇게 생각하고 나니 가슴을 짓누르는 부담감이 사라지더란다.

가끔 '일생 한 번뿐'이라는 걸 내세우며 결혼식에 엄청난 돈과 에너지를 쏟아붓는 예비부부를 보면 안타깝다. 돈과 시간이 넘쳐나서 결혼을 지루한 일상의 대형 이벤트로 즐긴다면야 말릴 이유가 없지만, 한 번뿐이라는 이유로 무리하는 건 어리석은 일이다. 일생 한 번뿐인 건 태어남과 죽음뿐이다. 한 치 앞도 모르고 살면서 결혼을 한 번뿐이라고 확신하는 건 무모하다. 한 번뿐이어야 한다는 중압감에 시달리면서 결혼하는 것도 별로 바람직하지 않다. 내가 조금 더 해줘도 아깝지 않은 사람을 만나는 것, 언제나 나 자신을 돌볼 에너지를 남기고 상대방에 최선을 다하는 것, 그 정도면 충분한 결혼 조건이다.

할머니들 쫌!!

평일 낮의 동네 버스 정류장은 한가하다. 가까이 다가가니 정류장 벤치에 청년과 소년 중간 느낌의 남자 2명과 머리 하얀 할머니 2명이 앉아 있었다. 젊은이들의 외모가 범상치 않다. 가늘가늘 왜소한 몸, 조막만한 얼굴에 귀걸이와 피어싱이 여러 개다. 옷도 예쁘게 잘 입었다. 근처 방송국에 왔다가는 아이돌 연습생인가? 근데 몸이 진짜 가늘구나. 저렇게 얇은 몸에 내장은 다 들어 있나 몰라. 자꾸 그쪽으로 꽂히는 시선을 거두며 정면 응시를 위해 노력하는데 찌르르 위험신호 감지. 아, 저 할머니들 위험하다. 두 사람이 고개를 오른쪽 90도 돌려서 대놓고 빤히 쳐다보더니 급기야는 “여자야, 남자야?” 묻고 만다. 순하고 예쁘장한 얼굴이지만 상대는 혈기왕성한 남자 2명. 할머니께 무슨 험한 말이라도 할까 봐 내 마음이 조마조마했다. 둘은 대화를 멈추고 굳은 얼굴로 있다가 곧이어 온 버스를 타고 자리를 떴다. 후유, 다행이다. 할머니들 쫌!!

9호선을 타려고 가양역에 내려 지하철 엘리베이터 앞으로 갔다. 그날따라 무릎이 아파서 노약자 행세를 좀 했다. 9호선 계단은 깊고 내 도가니는 소중하니까. 엘리베이터를 기다리는데 휠체어를 탄 할머니가 기세 좋게 다가왔다. “비켜, 비켜! 저쪽으로 비켜요.” 반말 비슷한 무례한 말투가 거슬렸지만 얌전하게 한쪽으로 비켜섰다. 문제는 옆에서 나와 같이 기다리던 할머니 한 분. 기분이 언짢아진 모양이다. “아니 거기 자리 많은데 왜 굳이 비키래?” “비키라면 좀 비켜. 내가 타려고 그러잖아.” “누구보고 비키라 마라야? 타라고. 누가 타지 말래?” 순식간에 벌어진 거짓말 같은 상황. 한 사람이 휠체어에 앉아 있지 않았다면 서로 멱살잡이를 해도 이상하지 않을 분위기다.

기다려야 하나 떠나야 하나. 말릴 재간도 없고 그 자리에 있기가 민망해 망설이던 순간 느림보 엘리베이터가 왔다. 결국 먼저 와 있던 할머니는 휠체어가 방향을 틀어서 탈 수 있도록 안쪽으로 비켜 서줬다. 어쨌든 세 사람 탑승 완료. 진짜 어이없는 건 엘리베이터를 탄 후 두 사람의 태도다. "으응 그래서 비키라고 한 거구나." "그래, 그렇다니까. 이 휠체어가 큰 거라서 그래. 작은 것도 있는데 내건 큰 거야." 언제 거친 말싸움을 했나 싶게 태연자약 이야기를 나누는 게 아닌가. 헐. 긴장했던 나만 바보였던 거야.

버스 앞자리에 앉은 젊은 여자의 긴 머리칼이 뒤로 넘어오자 손으로 살짝 가지런하게 만져주는 할머니는 조금 귀여웠다. 하지만 남의 머리카락을 왜 만지는 건지. 그 여자가 뒤를 돌아볼까 봐 불안했다. 마트에서 내가 산 냉이를 보더니 "요즘은 제철이 아니라 비싸고 맛도 없을 텐데…."하며 지나가는 할머니께는 사죄라도 해야 하나 싶었다. 다 들린다구욧! 아파트 단지 입구 과일 판매 트럭에 '내 고향 청송사과'라고 쓴 팻말을 보고 나도 고향이 청송인데 청송 어디냐고 꼬치꼬치 물어보는 할머니도 있다. "아버지 고향이…." 젊은 트럭 주인은 당황한 기색이 역력했다. 지하철은 할머니들의 다양한 활약상이 벌어지는 공간이다. 일단 "어디까지 가요?" 또는 "어디서 오는 길이오?"가 기본 대화의 시작이다. 그러면서 공통점을 발견하고, 서로 경쟁적으로 프라이버시를 공개하고, 주위에서 무언가 대화 소재를 찾아내 이야기를 이어가곤 한다. 엄마는 지하철 열 정거장 남짓 가는 동안 옆자리 할머니가 계모 밑에서 고생한 인생사까지 다 꿰고 내리셨다. 처음 보는 사이에 그런 일이 가능하다니 미러클이다. 유난히 긴 머리칼을 늘어뜨린 젊은 여자를 쳐다보다가 "도대체 왜 저렇게 다들 머리를 기르는 건지 모르겠어." 한마디 하시면 "그러게. 우리 때는 부모가 돌아가셔야 머리를 풀어헤쳤는데…. 쯧쯧." 이런 대화를 나누기도 한다. 웃음이 비어져 나왔다.

나이가 들면 왜 경계가 없어지는 걸까? 근접 허용 면허증이라도 생기는 걸까? 마음대로 타인에게 훅 들어가고 당당하게 무례해진다. 기억력이 나빠지는 생물학적 노화와 함께 타인과의 거리를 가늠하지 못하는 사회적 노화도 진행되는 것 같다. 예의와 염치보다 먹고사는 문제에 급급했던 부모님들이 나이라는 갑옷까지 두른 결과인지도 모르겠다. 한평생 크고 작은 문제를 친척과 이웃의 도움으로 해결하며 살아온 엄마 세대의 유산일 수도 있다. 이웃끼리 계를 통해 목돈을 만들고, 촌에서 올라온 조카를 거둬 학교나 공장에 다닐 수 있도록 숙식을 제공하고, 고향 사람이라면 사과 한 개라도 더 얹어주면서 살아온 세대가 우리 엄마들이다. 그들도 억울할 수밖에 없다. 세상은 감당하기 어려울 정도로 너무 빠르게 변하고 있는 데다가, 갑자기 너무 오래 살게 되면서 온갖 낯선 현장을 목격해야만 한다. 이해할 수 없는 게 너무 많고 맘에 안 드는 것 천지다. 하지만 어쩌겠나. 바꿀 수 없으면 적응하고 살아야지. 가능하면 젊은이 말고 같은 세대끼리 참견을 주고받으시라고 살며시 권해본다. 공감대도 넓으니 말도 잘 통할 것이다.

아, 물론 할머니들만 그러는 건 아니다. 할아버지들의 무경계는 내가 잘 모르는 또 다른 맥락이라 논외로 한다.

엄마를 시험에 들게 하는 딸들

아직 코로나19를 모르던 3년 전, 베트남 여행을 다녀왔다. 마음 맞는 친구 넷이서 웃고 먹고 쏘다니느라 5박 6일이 짧기만 한 신나는 일정. 여행 마지막 날, 물가 싼 베트남에서 돈 펑펑 쓰며 아쉬움을 달래기 위해 나트랑의 롯데마트에 들렀다. 쇼핑하고 나면 어김없이 허기가 몰려온다. 카트에 봉지를 가득 담은 채 식당가에 앉아 옆자리 메뉴를 스캔하는데 곧바로 시식 후기가 날아왔다.

“이거 맛있어요. 향신료도 강하지 않으면서 국물이 얼큰해.” 베트남 관광지 여행객의 둘 중 하나는 한국 사람이라 어디서나 한국말 대화가 자연스럽다. 60대 초반으로 보이는 아주머니의 코치에 힘입어 성공적인 주문 완료. 그렇게 안면을 트자 호구조사가 시작됐다. “친구들과 온 거야? 아유, 재밌겠다. 나는 딸네 식구들이랑 왔어요. 얘네들은 외손주들이고.” 그러고 보니 유치원생쯤 되어 보이는 남매가 근처에서 놀고 있었다. 딸이랑 오면 너무 좋을 것 같다는 우리의 화답이 끝나기도 전에 그녀가 손사래를 친다. “난 여행 온 게 아니야. 여기 와서도 애들만 봐주고 있어요. 지금도 애 맡기고 둘이 뭘 사러 가서 올 생각을 안 하잖아.”

초면인 동년배 여자들에게 신세 한탄을 쏟아내는 아주머니와 공감대 형성, 5말 6초 여자들의 세대 토크가 펼쳐졌다. 역시 한국 아줌마 친화력 갑! 내 발로 마음대로 돌아다닐 수 있는 시기는 앞으로 10년인데 손주 봐주느라 보내면 안 된다고 다 같이 고개를 끄덕였다. 나이 드니 자식보다 친구가 인생에 더 도움이 된다는 말에 그럼 그럼!을 외쳤다. 자식들이 빨리 집을 나가면 편할 것 같은데 결혼할 생각을 안 한다고 했더니, 결혼해 아이라도 낳으면 허구한 날 불려 다녀야 한단다. 그러다 잘못하면 혼자 돌아온 자식의 아이까지 키워야 할 수도 있다는 말에는 다들 웃픈 심정이 됐다.

<베스트베이비>란 육아지를 만들던 시절, 애독자들이 보내온 엽서와 편지 읽기는 나의 몇 안 되는 즐거운 업무 중 하나였다. 책 나오는 날만 기다린다, 지난달 둘째 육아법 기사에 공감했다, 이유식 만드는 법은 스크랩해두었다 등등 독자 칭찬이라는 '뽕'을 맞는 시간이기 때문이다. 하루는 한눈에 봐도 나이 든 사람의 필치가 느껴지는 편지 한 통이 편집부로 날아들었다. 어, 뭐지? 서둘러 개봉하니 볼펜으로 꾹꾹 눌러쓴 장문의 편지가 나왔다. 맞춤법이 몇 곳 틀리기는 했지만 예의 바르고 논리정연한 할머니가 발송인이었다. 잡지에서 그 전달에 다룬 특집 기사 '친정 옆에 사는 엄마들'에 대한 일종의 항의 편지였다.

기사는 육아에 친정 도움이 중요해지면서 '시월드' 대신 '처월드'가 대세로 떠오른 세태와 그에 맞는 육아법을 다루고 있었다. 남편 입장에서도 장모님이 육아를 도와주니 아내가 편해지고 아이도 양질의 보살핌을 받게 되고 결국 자신들도 편안해

져 반대할 이유가 없다. 그러니 친정 옆에 사는 젊은 엄마는 계속 늘어날 것이고, 이는 두루두루 행복해지는 육아법이라는 게 요지였다. 편지는 바로 그 기사의 문제를 지적하고 있었다. 원본은 없지만 워낙 인상적인 편지라 자세히 기억한다. 내용은 크게 '내 딸을 고발합니다'와 '이런 나쁜 기사 쓰지 마세요'로 나뉘었다.

"직장에 다니는 딸이 아이를 낳으면서 자연스럽게 함께 살게 됐다. 딸은 퇴근 후에도 피곤하다며 육아를 전적으로 자신에게 맡겼다. 이유식을 싱겁게 만들어라, 실내가 건조하지 않게 해라, 그림책을 많이 읽어줘라 등등 주문이 많아 힘들지만 최선을 다해 손주를 키웠다. 의논도 없이 둘째를 임신했을 때도, 자신만 빼고 가족 해외여행을 다녀왔을 때도, 다 좋게 이해하고 넘어갔다. 그런데 딸이 친구와 통화하면서 '아이 그냥 맡기는 거 아니고 친정엄마에게 드릴만큼 드린다'고 하는 걸 듣고는 화가 났다. 나를 돈 받고 애 봐주는 사람으로 생각한다는 뜻이니까. 그런데 친정 옆에 살면서 아이 키우면 3대가 행복해진다는, 이런 부류의 기사가 친정엄마의 육아를 당연시하고 부추긴다. 손주 키우는 건 자식 키우는 것보다 더 힘들고 조심스럽다. 이런 기사 말고 친정엄마의 속마음을 헤아릴 수 있는 기사도 써줬으면 좋겠다."

백번 천번 지당한 말씀이었다. 그 딸이 싸가지가 없다고? 돌이켜보면 우리 모두 그런 혐의에서 벗어날 수 없다. 30여 년 전 친정엄마에게 어린아이를 맡기고 직장을 다니던 동료들의 대화에는 엄마에 대한 고마움보다 불만이나 서운함이 많았다. 한 번만 더 술 마시고 늦게 들어오면 고향으로 내려가 버리겠다는 친정엄마의 경고에 콜라를 홀짝이던 동기는 어차피 고향에서도 혼자 사시면서 까칠하게 군다고 엄마를 디스했다. 둘째를 고민했지만 친정엄마 눈치를 보던 선배는 목욕통, 젖병 소독기 등 출산용품을 내게 물려줬는데, 반색하며 싹 다 줘버리라고 하는 엄마가 왠지 서운했다고 토로했다. 아이가 감기라도 걸리면 다들 칭얼대는 아이 돌보느라 힘든 엄마는 안중에도 없고, 아이만 걱정하곤 했다.

그때나 지금이나 대다수의 일하는 여자들은 육아 문제를 개인적으로 해결해야 하는 처지다. 상황이 허락한다면 최고의 양육 대리자는 친정엄마임을 부인할 수 없다. 하지만 손주를 키우는 일은 친정엄마 인생에서 소중한 기회비용을 지불하는 일이다. 선택은 전적으로 친정엄마의 몫이다. 친정엄마가 외손주를 돌본다면 이유는 딱 한 가지다. 딸이 조금이라도 편히 사회생활을 하기 바라는 마음 말이다. 내 딸이 원하는 일을 하면서 사회적으로 인정받고 경제적인 능력을 갖추기 바라기 때문이다. 그러니 엄마의 노고를 위로할 수 있는 건 손주의 재롱도 두툼한 봉투도 아니다. 딸의 고마워하는 마음, 엄마의 수고를 알고 나누려는 진심일 것이다. 돈을 드린다는 이유로 당당해지려면 최소 옆집 조선족 도우미 아줌마께 드리는 액수와 주말 외박을 보장해야 마땅하다.

요즘은 직장을 다니지 않는 딸들도 친정엄마와 육아 부담을 나누는 추세다. 동네 문화센터에서 요가를 배운 적이 있는데, 만삭의 임산부와 친정엄마가 같이 다녔다. 엄마와 데면데면한 사이인 나는 그 모습이 낯설었다. 어느 날 혼자 참석한 친정엄마에게 강사가 딸이 없어서 심심하겠다고 인사치레를 건넸더니 진지하게 '노!'라는 대답이 돌아왔다. 딸이 임신하자마자 이 동네로 이사 왔는데 요가도 같이 다니자, 마트도 같이 가자 하더니 요즘은 산책이 순산에 좋다며 같이 걷자고 해서 아주 귀찮다며 자신은 자유를 잃었다는 것이다. 그럼, 그렇지. 갑자기 그녀가 친밀하게 느껴졌다. 30대 지인은 아직 어린아이를 두고 편하게 모임에 나왔다. 친정집에 일주일에 이틀 아이를 맡기고 자신은 친구도 만나고 듣고 싶은 강의도 들으며 재취업을 준비한다는 것이다. 합리적인 시스템이라고 생각했는데, 반전은 자매가 셋이고 모두 번갈아 이틀씩 아이를 친정에 맡긴다는 거였다. 그 친정엄마는 주 6일을 외손주 키우기에 매달려야 했다.

각자 사정과 상황이 다르니 함부로 가타부타할 수는 없다. 하지만 워킹맘이건 전업맘이건 자기 자식은 자기가 책임지는 게 불변의 원칙이다. 엄마의 도움은 머리 숙여 고마운 거지 당연한 게 아니다. 당신도 친정엄마 도움받아서 아이 키우고 직장생활 편히 해놓고 그런다고? 부정하기 어렵다. 다만 나는 옆으로 게걸음 해도 후배들은 바르게 걷기를 바라는 마음이다. 딸들아, 엄마를 시험에 들지 말게 해다오.

토요일
우리 동네 스타벅스 풍경

오! 다행히 내가 좋아하는 자리가 비어 있다. 쿠션감 좋은 좌석과 충전기를 꽂을 수 있는 구석 자리다. 노트북을 펼치고 커피를 마시며 주위를 슬쩍 둘러봤다. 30대 중후반으로 보이는 앞자리 여자는 PPT 자료에 집중해 있다. 컬러풀한 그래프가 눈에 띄는 두툼한 인쇄물이다. 똑떨어지는 단발머리에 야무져 보이는 얼굴. 딱 일 잘하는 차장님 포스다. 잠시 후 젊은 남자가 애 둘을 데리고 등장했다. 어린이집에 다닐 나이대의 아이들이 엄마~하면서 달려든다. 조곤조곤 낮은 목소리로 아이들과 이야기하는 얼굴에 웃음이 가득하다. 빨리하고 갈 테니 아빠 말 잘 듣고 집에 가서 기다리라는 낯선 가족의 풍경이 왠지 흐뭇했다.

기말고사 기간인가. 책과 문제집을 펼치고 공부하는 학생들도 서너 팀이다. 형광펜으로 참고서에 줄을 긋고 연습장에 문제를 푼다. 카페에서 리포트를 쓰는 대학생만큼 흔한 게 시험공부하는 고등학생들이다. 얘네들은 특정 기간에 출몰한다는 특징이 있다. 안쪽에서 들려오는 네이티브 영어 대화의 주인공들은 20대 초반으로 보인다. 모두 밝고 예쁘다. 영어를 구사하면 한 수 먹고 들어간다. 편견의 레이더망 작동. 하긴 요즘은 카페에서 영어 대화도 흔해졌고 펼쳐놓은 책이나 컴퓨터 속 화면도 영어인 경우가 많다. 글로벌은 도처에서 확인할 수 있다. 바로 옆자리 대학생 커플은 노트북 앞에서 해외여행 스케줄을 짜고 있다. 낯선 지역명과 고유명사가 나와서 어디인지 짐작은 어렵다. 여행 떠나는 미혼 커플을 보면 양쪽 부모님은 알고 계실까 궁금해진다. 내 주변에는 아들이 커플 여행 가는 걸 아는 엄마들은 흔한데 딸이 남친과 여행 가는 걸 말하는 경우는 드물다. 내가 딸을 둔 엄마라면 어떻게 할까? 속으론 신경 쓰이지만 못 가게 말리지는 않을 것이다. 그래도 내 친구들에게 굳이 말할 것 같지는 않다. 역시 자식들이 아니라 부모 세대의 차별적인 인식이 문제인 건가.

오후 늦은 시간이 되자 어린아이를 동반한 가족이 많아졌다. 보통 미취학 아이 한둘과 엄마 아빠가 함께 와서 음료와 케이크를 먹고 간다. 아빠는 핸드폰을 보고 초등학생 아이가 태블릿PC를 펼쳐 놓은 팀도 친숙한 조합이다. 오늘 내 눈을 사로잡은 건 백일도 안 된 갓난아기를 포대기에 싸안고 온 젊은 부부다. 저렇게 어린 아기를 사람 많은 커피숍에 데리고 와도 되나 싶은 생각이 앞섰지만, 젊은 엄마의 표정을 보는 순간 모든 게 이해됐다. 화장기 없이 피곤하고 지친 표정이다. 생크림 듬뿍 올라간 커피 한 잔을 천천히 마시는 그녀 얼굴이 모든 걸 설명해주고 있다. 일 년 전만 해도 커피를 물처럼 마시면서 카페에서 자유시간을 보냈을 그녀. 집에서 혼자 아이를 돌보며 번열이 났을 그녀. 주말 오후 남편을 앞세워 동네 카페에서 커피 한 잔을 누릴 권리는 헌법으로 보장받아야 마땅하다.

장시간 있었더니 커피가 더 필요해 아래층으로 내려가 주문

대열에 다시 줄을 섰다. 젊은이들은 대체로 겨울에도 아이스커피를 마신다. 얼음 든 컵이 여기저기 테이블에 놓여 있다. 여름에도 뜨거운 커피를 마시는 나로서는 신기하기만 하다. 기다리면서 주위를 둘러보니 슬리퍼에 맨발이 3명이다. 날 추우면 발이 제일 시리던데, 젊으면 괜찮은가? 저 집 엄마도 한 소리 했겠지만 귓등으로도 안 들었겠지. 근데 요즘 애들은 다리가 정말 길다. 한 세대 만에 인종이 달라졌다.

내가 살았던 상암동에는 걸어서 갈 수 있는 거리에 스타벅스가 4개나 있다. 그중 가장 크고 가까운 스타벅스 2층은 나의 서재이자 사무실이고 휴식처며 놀이터다. 날 잡고 앉아 원고를 쓰거나 책을 읽고, 커피와 케이크 한 조각의 즐거움을 누리기도 한다. 다른 사람을 슬쩍슬쩍 관찰하는 일도 재미있다. 그곳에서 휴대폰과 책 한 권이면 혼자서도 몇 시간이고 지루하지 않게 보낼 수 있다. 요즘은 혼밥이며 혼술이 자연스러워졌지만 예전에는 그런 걸 불편해하는 분위기였다. 혼자 식당에서 밥을 먹느니 끼니를 거르는 동료도 많았다. 무덤덤·무신경한 나는 오래전부터 혼자 밥도 잘 먹었으며 나 홀로 카페를 찾는 일이 어색하지 않았다. 이 나이에 혼자 카페를 즐길 수 있는 나 자신에게 셀프 칭찬을 보낸다. 한때는 프랜차이즈 카페를 거부하고 동네의 개성 있는 커피숍을 찾아다닌 적도 있었다. 하지만 와이파이와 충전기 코드, 누구도 관심 주지 않는 자유를 찾아 변심하고 말았다. 의정부로 이사 오면서 집 근처에 스타벅스가 있다는 사실에 마음이 놓였다. 언제쯤 코로나19가 진정되어 이 소소한 일상을 회복할 수 있을지 모르겠지만 난 여전히 젊은 세대 코스프레, 카공족 아줌마다.

안부를 묻는 세상

"솔직히 아무렇지 않다면 거짓말이지. 아무튼 알았어." 전화를 끊고 나서도 계속 언짢았다. 이게 그럴 일인가? 자주 모이는 멤버 중 한 명이 바닷가 고향에 세컨드하우스를 마련해 다 같이 놀러 갈 계획이었다. 그런데 내가 그 직전에 다른 여행을 다녀왔더니 안 왔으면 좋겠다는 연락이 온 것이다. 한동안 잠잠해지던 코로나19 확진자가 다시 증가하기 시작한 때였으나 방역 1단계였다. 내가 다녀온 남도 지역은 유명한 여행지라 외부인이 많았지만 수치상 특별히 더 위험한 곳은 아니었다.

그런데 오지 말라고? 확진자 숫자가 늘고 있는 서울에서 하루 서너 개의 스케줄을 소화했다는 다른 친구는 괜찮은 거고? 2박 3일 렌터카로 다니면서 바닷가 걷고 장 봐서 숙소에서 음식을 해먹은 나는 위험한 거야? 노모와 함께 사는 내가 안전에 신경 쓰지 않았을 거라고 생각했다는 건가? 기분이 많이 나빴다. 거리낌 없이 솔직한 말을 주고받던 사이인 데다, 한편으론 크게 틀린 말도 아니었다. 안전에 더 신경 쓰는 거라고 여기면 그만이다. 그런데, 뭐지 이건? 평소의 나답지 않았다. 곰곰이 이유를 생각하니 콕 찍어 나만 거절당했다는 느낌이 범인이었다.

코로나19는 우리 사회의 속살뿐 아니라 개인의 민낯까지 적나라하게 드러낸다. 내 친구들은 코로나에 예민한 사람과 그렇지 않은 사람으로 나뉘어 편 먹기를 하고 있다. 누구는 방역 지침을 어기는 게 아니라면 친구 어머니의 장례식장에 다녀와야 한다고 생각하지만, 다른 누구는 안 가는 게 서로를 돕는 거라고 여긴다. 더러는 이런 시국에 부고를 전하는 일 자체를 못마땅해하기도 한다. 아무런 잘못 없이 확진자나 밀접접촉자가 된 사람도 자신이 가까운 사람들에게 피해를 준다는 사실 때문에 괴로워한다. 검사 결과를 기다리는 동안의 불안과 공포는 나의 것인 동시에 다른 사람의 것이 된다.

우리는 서로를 단단하게 결박하고 있는 존재들이다. 나의 안전이 곧 타인의 안전이고 타인이 위험하면 나도 위험에 처할 수 있다. 누구나 안전을 원하지만 현실은 그렇게 녹록지 않다. 수많은 일상의 어디까지가 안전한 건지 정확한 가이드라인이 있을 리 없기 때문이다. 그저 각자 눈치껏 상식껏 살아간다. 때로는 누가 먼저 안전선 밖으로 물러날 것인지 신경전을 벌이기도 한다. 네가 먼저 물러나면 내가 그만큼 편해진다고 생각한다. 그 사이에서 우리는 아슬아슬 균형을 지켜가며 관계를 유지하고 있다.

'별일 없지?' 습관적으로 던지곤 했던 이 말이 요즘은 천금과도 같이 무겁게 다가온다. 누군가의 안부를 묻는 게 이토록 소중한 일이 될 줄이야. 위험한 상황을 경험한 인간은 가까운 관계와 소소한 일상의 기쁨에 집중하게 된다. 코로나 세태 역시 예외는 아니다. 예전 직장동료는 코로나 1차 대유행 때 하필 해당 지역 한복판에서 아버지 장례식을 치르게 됐다. 직계가족만 모인 상갓집은 쓸쓸했다. 처음에는 손님도 없이 아버지를 보내

드리는 게 황망했지만, 형제들끼리 모여 아버지를 추억하고 어린 시절 이야기에 울고 웃으며 행복한 시간을 보냈다고 한다. 외국에서 공부하던 자식이 무사히 돌아와 가족 모두 한 식탁에 앉는 것만으로도 세상 부러울 게 없다는 사람도 만났다. 예기치 못한 사건은 의도하지 않은 결과를 가져오기도 한다. 자식 결혼식 날짜를 잡았다가 취소한 친구는 일단 살림부터 나는 순서를 밟고 있다. 이미 구해놓은 신혼집을 비워 놓을 필요는 없으니까. 다시 결혼식 날짜를 잡을 예정이라지만, 아무래도 조촐하게 치를 확률이 높다. 명절 시댁 방문 풍습도 달라질 것이다. 명절에 안 모여도 아무 일 생기지 않는다는 걸 모두 확인했으니 말이다.

느린 삶은 변화를 가져온다. 해마다 전투적으로 가족 해외여행을 가던 후배는 여행을 못 가게 돼 아쉽기보다 편해진 게 더 크다는 걸 깨달았다. 돈도 많이 들지만 여행지 선정부터 일정 조정, 검색, 예약 등의 과정이 여러모로 스트레스였던 것. 친구들도 다 못 가니 비교할 일이 없어 더 좋다. 퇴직 후 여행과 각종 강좌, 약속 등으로 바쁘게 살던 시니어 골드 미스 선배는 코로나 이후 한갓진 생활을 즐기고 있다. 뒹굴거리며 늦잠 자는 무료한 일상이 의외로 괜찮더란다. 전에는 약속이나 일정이 없으면 시간을 허비하는 것 같았는데 '오늘은 뭘 할까?'로 시작하는 하루가 마음에 든다. 그동안 집안 물건은 반으로 줄은 대신 작은 화분들이 생겨났다.

코로나바이러스에 대항하는 최고의 방법은 사람들 간의 거리 두기다. 사람들끼리 모이지 않고 가까이 가지 않는 거다. 이참에 나 자신과 거리 두기도 실천해보자. 사람이든 사물이든 우리 사회든, 실체를 정확하게 알고 싶으면 떨어져서 관찰해야 한다. 코를 들이대고 클로즈업 하면 전체를 알 수 없는 법이다. 인생도 그러하다. 내 삶과 거리를 둬야 안 보이던 게 보이고 멀리 볼 수 있다. 더 단단해진 자아로 가볍게 살 수 있다. 자신의 인생과 거리를 유지한다면 이 혼돈의 시대를 견디기가 조금은 수월해지지 않을까? 아, 가끔 타인의 안부를 묻는 일도 잊어서는 안 된다. 내면이 아무리 단단해도 결국 우리는 위로가 필요한 존재들이니까.

epilogue

여기서 스톱!

이러려고 한 건 아니다. 한때는 기획으로 밥 먹고 살았으니 출판용 기획안을 내보라고 해서 시작한 일이다. 이건 어떠냐 저건 괜찮지 않냐, 급조한 내 기획안에 시큰둥한 담당자 앞에서 우리 엄마 재미있는 에피소드 많은데 차라리 그걸 쓸까? 농담처럼 던진 말이 씨가 됐다.

끄적거려 놓은 바탕 원고 하나 없이 쌩으로 800매 원고를 쓰는 일은 힘에 겨웠다. 남의 원고에 이러쿵저러쿵 토는 잘 달면서 정작 내 원고를 써본 일은 많지 않았다. 잘 쓴 건 알아보는 안목이 발목을 잡았다. 못 하는 일은 더 하기 싫은 게 사람 마음이다. 자연히 시간이 많이 걸렸다. 고3이 가득한 스터디 카페에서 노트북 자판을 두드리다 경고를 받기도 했다.

시간은 필연적으로 변화를 동반한다. 그사이 나는 난생처음 마늘장아찌와 오이지에 도전, 절반의 성공을 거뒀다. 점점 주부 포스를 장착하는 중이다. 엄마는 총기를 잃어 나의 전투 의욕을 떨어뜨리고 있으며, 집 나간 먹튀 아들은 저 혼자 신이 났다. 더 오래 붙들고 있어봐야 원고는 나아질 기미도 없는데, 이러다 잘못하면 거짓말을 늘어놓는 결과가 될지도 모르겠다.

여기서 스톱!

책을 쓴다는 게 부끄러워 친구나 가족에게도 알리지 않았다. 막상 책이 나온다고 생각하니 누가 볼까 민망하면서도 아무도 안 볼까 걱정스럽기도 하다. 모쪼록 나를 모르는 수많은 사람이 이 책을 사길 바랄 뿐이다. 책을 '사서' 읽는 여러분의 3대가 행복하기를 빈다.

불량한 오십

©이은숙, 2021

초판 1쇄 인쇄일 2021년 6월 15일
초판 3쇄 발행일 2023년 9월 15일

지은이 이은숙
펴낸이 배문성
편집 에이의취향
디자인 김선경
마케팅 김영란

펴낸곳 나무플러스나무
출판등록 제2012-000158호
주소 경기도 고양시 일산서구 송포로 447번길 79-8(가좌동)
전화 031-922-5049
팩스 031-922-5047
전자우편 likeastone@hanmail.net

ISBN 978-89-98529-27-7 03800

* 나무나무출판사는 나무플러스나무의 출판브랜드입니다.
* 이 책의 판권은 지은이와 나무플러스나무에 있습니다.
* 이 책 내용을 재사용하려면 반드시 출판사와 지은이의 동의를 받아야 합니다.
* 책값은 뒤표지에 있습니다.